完全殺人

西村京太郎

祥伝社文庫

目次

奇《き》妙《みよう》なラブ・レター

1

その日、早川《はやかわ》は、朝から何となくいいことがありそうな気がしてアパートを出た。と、いっても、早川は、いつも何かいいことがありそうな気がして家を出るのだが、いいことがあった試しはないのである。

早川は、あと三ヶ月で二十七歳になる。現在失業中で、失業保険で食べているのだが、それもあと一ヶ月で切れてしまう。

そろそろ、新しい仕事を探さなければならないのだが、なかなか、その気になれない。生来、怠《なま》け者の上に、楽天的なところがあったから、いざとなれば、何とかなるだろうと考えていた。早川の一番好きな言葉に、「金は天下のまわりもの」というのがある。正確には、「金は天下のまわり持ち」というのだろうが、早川にとっては、諺《ことわざ》の正確さはどうでもよかった。とにかく、棚《たな》ボタ式に大金が手に入ればいいのである。

早川が、夢見ることが二つある。

一つは、宝クジの一千万円が当たる夢だった。その夢を実現すべく、毎月四、五枚の宝クジを買っているのだが、いっこうに当たる気配がない。もう一つは、ちょっとロマンチックな妄想で、車に轢《ひ》かれそうになった美少女を助けるというものだった。当然、その美少女は、大金持ちの一人娘で、婿《むこ》に望まれないまでも、多額の謝礼と、大会社の課長の椅子《いす》を手に入れるのである。

だが、考えてみれば、資産家の一人娘は車を持っているだろうから、轢かれる側より、轢く側の筈《はず》である。

かくの如《ごと》く、早川の夢は、実現性の低いものなのだが、それにもかかわらず、アパートを出て、散歩に出かける時、今日こそ、何かいいことがあるに違いないと思うのである。だから、その日も、何かいいことがあるに違いないと堅《かた》く信じて、六畳一間のアパートを出たのだった。

早川の散歩コースは、だいたい決まっている。好みのコースというより、金がないために、必然的に決まったコースといった方がいいだろう。

まず、近くにある公園に出かける。夕方からは、アベックに占領されるベンチも、昼間はすいている。

池に面したベンチに腰を下ろし、のんびりと、水鳥の動きを見たり、週刊誌を読んだりして過ごす。

昼になると、近くの中華そば屋で、二百五十円のラーメンを食べ、金があれば、パチンコに行くし、なければ、区立の図書館で時間を潰《つぶ》すのが、平均的な一日の過ごし方だった。

だから、今日も、早川は、まず公園に行き、彼専用のようになっているベンチに腰を下ろした。池が一番よく見渡せる位置にあるベンチである。

昨日、パチンコがよく入り、セブンスターを七つ取ったので、今日は、ぜいたくに煙草《たばこ》を吸うことができる。たかが、煙草だが、それでも、何か豊かな気分になって、早川は、足を組み、セブンスターを口にくわえた。

一昨日見たテレビドラマは、失業中の青年が、ふとしたことから美しい女と出会い、さまざまな出来事のあと、めでたく結ばれるというものだった。

(なぜ、おれにも、あんな具合に、女が出来ないのだろうか?)

と、早川は、ぼんやりと、池で遊んでいる水鳥を眺めながら考える。

金はないが、自分には、二十七歳という若さがある。顔つきだってまあまあだと、早川は思う。学生時代は、水泳をやっていたから、身体は丈夫だ。

(それなのに、どうして、女が出来ないのだろうか?)

それが、どうも不思議でならない。あのテレビドラマのような、ドラマチックなロマンスが生まれてもいいではないか。

早川が、ぶぜんとした気持ちになった時、ふいに、眼の前に、人が立った。

2

眼をあげてから、早川は、柄《がら》にもなく、狼狽《ろうばい》し、顔を赭《あか》くした。

眼の前に立っているのが、はッとするような、若い美人だったからである。

色白な、ハーフを思わせるような彫《ほ》りの深い顔立ちだった。まつ毛の長さが、彼女の顔を、一層、神秘的に見せていた。

「あの――」

と、彼女は、ためらいがちに、早川に声をかけた。

「え？」

と、きき返したが、早川の声が、喉《のど》に引っかかってしまった。

道でも聞くのだろうと思ったが、女は、ハンドバッグから、一通の手紙を取り出すと、黙って、早川の手に押しつけた。

「何です？　これ」

と早川が、不粋《ぶすい》な質問をすると、彼女は身体を折り曲げ、顔を近づけて、

「早くしまって下さい」

と、小声でいった。

「お願い――」

「え？」

と、もう一度、きき返してから、早川は、やっと、手渡されたものが、ラブ・レターらしいことに気がついた。

女性からラブ・レターを貰《もら》ったことのない早川は、戸惑《とまど》ってしまった。馬鹿な反応を示してしまったのだが、女は、別に気を悪くした様子も見せず、

「恥ずかしいから、早くしまって――」

と、小声でいった。

彼女の吐く息が、早川の耳をくすぐった。

香水の甘い香りが、早川を押し包む。

「ああ。すいません」

早川は、理由もなく謝って、あわてて、手渡された手紙を、ジャンパーのポケットに押し込んだ。

女は、ほっとしたように微笑した。

た。

「ありがとう」

「いえ。こっちこそ」

「じゃあ――」

もう一度、ニッコリと笑ってから、女は、早川の傍《そば》を離れ、池の向こう側に歩いて行った。

早川は、呆然《ぼうぜん》として、すらりとした彼女の後ろ姿を見送った。

高嶺《たかね》の花という言葉がある。今の女は、いってみれば、早川にとって、手の届かぬ高嶺の花のような美しい女性である。

あんな美人が、ラブ・レターをくれるというのは、どういう風の吹き回しなのだろう？ 顔を見て渡したのだから、相手を間違えたということは考えられないし、早川をからかってやろうという感じでもなかった。真剣な眼つきだった。

（きっと、おれが、毎日ベンチで時間を潰しているのを、彼女は、どこかで見ていて、惚《ほ》れたに違いない）

と、早川は、そう自分にいい聞かせた。

早川は、片手で、ジャンパーのポケットを押さえた。

すぐ読みたいのだが、あわてて封を切るのも、いかにも、女に飢えているようだと思い、早川は、ベンチから立ち上がった。

アパートへ戻って、ゆっくりと読もう。歩きながら、自然に、頬《ほお》の筋肉がゆるんで、ニヤニヤ笑ってしまう。だらしがないことおびただしいのだが、早川は、それを意識していなかった。

アパートの入り口で、管理人に会った。いつも無愛想な早川だが、ニッコリ笑って、

「今日は」

と、彼の方から、声をかけた。

六十近い管理人は、びっくりした顔で、

「え？」

と、首をひねってから、あわてて、頭を下げた。

早川は、一層、浮き浮きした気持ちになって、自分の部屋に入ると、しっかりと鍵《かぎ》をおろし、寝転がって、手紙を取り出した。

白い封筒だった。

文具屋で売っている一束百円の封筒に比べると、どこか洒落《しやれ》ている。よく見ると、「中央パレスホテル」という小さな文字が入っていた。ホテルに備えつけの封筒だった。

中央パレスホテルは、公園の近くに最近建てられた十一階建ての大きなホテルである。

そこのホテルの封筒が使われているということは、あの女性が、泊まっていたということだろうか。それとも、まだ泊まっているのだろうか。

早川は、そんなことを考えながら、封筒の中身を取り出した。

中から出て来たのは、真白な便箋《びんせん》が一枚。

英文タイプに使うような紙で、その便箋の右上隅にも、「中央パレスホテル」の文字が入っていた。

驚かれるかも知れませんが、あなたが好きになってしまったのです。

恥ずかしいので、絶対に、誰にも話さないで下さい。出来れば、この手紙を焼いて下さい。お願いです。

冴《さえ》子《こ》

ボールペンで書かれたきれいな字だった。きれいだが、女にしては、意志の強さが現れているような文字でもあった。

（冴子か――）

いい名前だなと、早川は思った。いかにも美人で、その上、頭の良さそうな名前だ。

早川は、昔から、サ行の名前が好きだった。

何んとなく、すかっとした、切れ味を感じさせるからである。

早川は、短い手紙を、何回も読み直した。

読み返しながら、彼女のことを、さまざまに想像するのが楽しかった。

何歳ぐらいだろうか?

何をしている女なのだろうか?

どこに住んでいるのだろうか?

年齢は二十五、六歳というところだろう。
十七、八の子供っぽい娘より、早川には、そのくらいの女の方がいい。こっちが、何もかもしてやらなくてすむからだ。
どこか、きりっとした感じだから、現代の先端を行くような職業についているかも知れない。

グラフィックデザイナーみたいな仕事だろうか。いや、ひょっとすると、意外に、日本古来の生花でも教えているのかも知れない。和服も似合いそうだからだ。それとも、大会社の社長秘書か。

ホテルに泊まっていたとすると、東京の人間ではなく、仕事で、東京に来ているのかも知れない。

（東男《あずまおとこ》に京女《きようおんな》）

そんな通俗的な言葉が、ふと、早川の頭をかすめたりした。

自惚《うぬぼ》れというやつは、一度生まれると、果てしなく広がっていくものだ。空想も果てしなく広がっていく。

冴子は、きっと、京都の西陣《にしじん》の問屋の一人娘に違いない。

古い伝統に、新しい息吹きを吹き込もうとして、デザイナーになった。そして、東京で個展を開くためにやって来て、中央パレスホテルに泊まっていた。

時々、疲れをいやすために、公園に散歩に出かけるうちに、早川を見て、魅《ひ》かれるものを感じたのだ。

彼女が知っている男たちには無い何かを、早川に感じたのだろう。

自尊心の強い彼女は、それを、なかなか、早川に向かっていうことが出来なかった。だから、古風に、ラブ・レターを書いて渡した。

そこまで空想して、早川は、また、ひとりでニヤッと笑った。

3

早川は、翌日も、朝食をすませると、いつものように、公園に出かけた。

いつもと違うところがあったとすれば、きれいにひげを剃《そ》り、三十分近く鏡と睨《にら》めっこをしたことだった。

もう一つ、いつもは下駄《げた》をはいて出かけるのに、今日は、磨《みが》いた靴をはいて散歩に出た。

例の池の前のベンチに腰をかけたが、眼は、キョロキョロと、周囲を見廻《みまわ》し、彼女の姿を探した。それも、探さないふりをして探しているのである。

だが、どこにも、彼女の姿は見当たらなかった。

失望が、早川を襲った。

上衣のポケットには、昨夜おそくまでかかって書いた彼女への返事が入っていた。

あなたのような美しい人に手紙を貰って、夢のような気がしています。

ぜひ、つき合って下さい。

僕は年齢二十七歳。身長一七五センチ。体重七〇キロ。楽天家です。

早川　明《あきら》

最初は、もっと長いものを書いたのたが、物欲しそうに思われてはと考え、何回も書き直しているうちに、こんなに短くなってしまったのである。

自分では、気がきいた返事だと思っていた。

ところが、肝心《かんじん》の相手が来てくれないのでは、話にならない。

いらいらして、早川は、何本も煙草を灰にしてしまった。

昼まで、ベンチに腰を下ろしていたが、彼女は現れない。

公園の中を歩き廻ってみたが、彼女に出会わなかった。

いつもなら、昼食を食べに行くのだが、その間に彼女が現れてしまったらと思うと、公園から動くことが出来なかった。

身体つきの似た女が現れるたびに、早川は、胸をときめかせて、ベンチから腰を浮かしたが、結局、陽《ひ》が落ちるまで粘ったが、彼女の顔は見つからなかった。

いつの間にか、暗くなってしまった。

（今日は、何か用事があったか、それとも、カゼでもひいてしまったのだ）

と、早川は、自分にいい聞かせた。ああいうラブ・レターをくれた女なのだ。こちらの返事を聞きに、公園に現れなければおかしいのだ。

早川は、のろのろと、ベンチから立ち上がり、アパートに引き返した。

(おやッ)

と、思ったのは、自分の部屋の前まで来た時である。

ドアの隙間《すきま》から、明かりが洩《も》れているのだ。

瞬間、早川の顔が赭くなった。

(彼女は、公園に来ないで、おれのアパートに来てくれていたのか)

待ちくたびれて、眠ってしまっているのかも知れない。

そんなことを考えながら、早川は、ドアのノブに手をかけた。

管理人に入れて貰ったのか、鍵《かぎ》は開いている。

勢い込んで、ドアを開けた。

「あッ」

と、そのとたん、早川が声をあげたのは、彼女が、そこにいたからではない。

六畳の部屋が、めちゃくちゃに荒らされていたからだった。

さして家具が揃《そろ》っているわけではないが、机や、洋服ダンスはある。その机の引出しがあけられて、畳の上に放り出され、洋服ダンスからは、服や、ネクタイなどが、同じく畳の上に投げ出されていた。

押入れもあけられている。

（泥棒が入りやがった）

と、思った。

現金は置いてないから、盗《と》られる心配はないが、カメラがある。写真の趣味がある早川は、カメラだけは、十万円以上する高級一眼レフを持っていた。

彼女と仲良くなったら、まず、写真を撮《と》りたいと、昨日も、手入れをしたのである。

あのカメラを盗られていたらと、あわてて、畳の上に放り出されている洋服や、ワイシャツ、セーターなどを、かきわけた。

あった。

ほっとすると同時に、早川は、今度は、首をかしげた。

カメラは、望遠レンズや、フラッシュと一緒に、専用の鞄《かばん》に入れておいた。その鞄のふたがあけられ、カメラや、望遠レンズが外に放り出されている。ご丁寧《ていねい》に、カメラの裏ぶたがあけられていて、おかげで、まだ五、六枚残っていたカラー・フィルムが、感光してしまっていた。

いったい、泥棒は、カメラの裏ぶたまであけながら、盗んでいかなかったのだろうか。素人《しろうと》が見ても、このカメラが、高級なものだということはわかる筈だ。質屋に持っていっても、二、三万にはなるのに、どうして、置いて行ったのだろうか。

カメラ嫌いの泥棒など聞いたことがないし、もし、そうだとしたら、わざわざ、カメラの裏ぶたをあけて、中を見たりしないだろう。

早川は、片付けるのを忘れて、部屋の真ん中に腰を下ろして、考え込んでしまった。

泥棒に入られたのは二度目だが、こんな妙な泥棒は、初めてだった。ざっと調べたところでは、盗られたものは、何もないようだし、カメラ以上に高価なものは、早川は持っていなかった。

警察には、すぐ届けなければならないのだが、行く気になれないのは、相手が変な泥棒だからだった。カメラが盗られていなくて、安心したのだが、薄気味悪くなってきた。

早川が、一〇〇メートルばかり離れた派出所へ届けたのは、一時間以上たってからだった。

中年の巡査は、すぐ来てくれたが、部屋の中を調べながら、首をかしげた。

「本当に、何も盗られていないんですか？」

と、早川にきいた。

「ええ。何も盗られていません」

「じゃあ、持って行こうとしたとき、丁度《ちょうど》、あなたが帰って来たので、あわてて逃げたのかも知れませんね」

「いや、そんな筈はないんです。窓は閉まっていたし、ドアから出て来るのは見ていませんから。僕が帰るずっと前に、泥棒は、逃げたんだと思います」

「そうだとすると、妙な泥棒だということになりますねえ」

と、巡査は、また首をかしげた。

4

妙な泥棒が、ひょっとすると、彼女に関係があるのではないかと、早川が考えたのは、夜半になってからだった。

布団に横になって、ぼんやり天井を見上げているうちに、ふと、考えたのである。

もし、関係があるとすれば、犯人は、彼女に惚れている男ということになってくる。どこかで、彼女が、早川にラブ・レターを渡すのを見ていて、嫉妬《しっと》にかられ、そのラブ・レターを盗もうとして、早川のアパートに忍び込んだということである。

それなら、カメラの裏ぶたまであけて、中を調べた理由もわかってくる。早川が、あのラブ・レターを、そこに隠したとでも考えたのだろう。

ラブ・レターは、焼却せず、持ち歩いていたので、盗られずにすんだが、もし、早川の推理が当たっているとすると、ずいぶん嫉妬深い男が、彼女の周囲にいるということになる。

そう考えても、怖《こわ》いとは思わなかった。むしろ、ライバルがいることは、自分が惚れられたことに花をそえるようで嬉《うれ》しかった。敗者の存在は、勝者を一層、楽しくさせるのだ。

明日、彼女に会えたら、この事件を話してやろう。きっと、彼女は、泥棒に入った男のことを、ますます嫌いになるだろうし、そのぶんだけ、自分を一層、好きになってくれるに違いない。

翌日、早川は、カメラにフィルムを入れ、公園に出かけた。彼女の写真を撮って引き伸し、壁に貼《は》っておきたかったからである。

よく晴れていて、写真を撮るには、絶好の日だったが、昼を過ぎても、昨日と同じように、彼女は現れなかった。

早川は、中央パレスホテルに行ってみることにした。

ホテルの入り口を入ると、広いロビーである。アメリカ人らしいグループが、大声でしゃべっている。

早川は、ロビーの中を歩いてみたが、彼女は見つからなかった。ソファに腰を下ろし、煙草を一本灰にしてから、フロントで、きいてみることにした。

「冴子という若い女性が、泊まっていませんか？」

と、早川は、フロントの背の高い係員にきいた。

「何冴子とおっしゃるんですか？」

「それがわからないんですよ。二十五、六歳で、身長は一六〇センチぐらいかな。女優のMに似た顔をしているんだけど」

「ちょっとお待ち下さい」

フロントは、宿泊者カードを調べてくれた。が、首を振って、

「冴子様という方は、泊まっていらっしゃいませんね」

と、いった。

団体客が、どっと入って来て、フロントが忙しくなったので、早川は、仕方なく、その場を離れた。

フロントが嘘《うそ》をついているとも思われないから、冴子という泊まり客はいないのだろ

う。考えられるのは、彼女が偽名で泊まったということだった。

早川も、北海道へ旅行した時、旅館へは偽名で泊まった。別に、本名を書いてもよかったのだが、なんとなく、偽名にしてしまったのである。彼女が、嫌な男から身をかくしているとしたら、当然、ホテルには偽名で泊まったろう。

だが、それ以上、どうしていいかわからなかった。ホテルの廊下を歩き廻っても仕方がない。しばらくの間、ロビーに腰を下ろし、彼女が現れないかと、入り口や、エレベーターの方を見ていたが、一時間たっても、彼女は姿を現さなかった。

(公園へ行ったのかも知れない)

と、思い直し、早川は、ホテルを出た。

「失礼ですけど――」

と、女から声をかけられたのは、その時だった。

5

一瞬、彼女かなと思って、振り返ったが、冴子ではなかった。

彼女よりきつい感じの三十歳ぐらいの女だった。美人は美人だが、早川の嫌いな顔立ちだった。

「僕ですか?」

「ええ」と、女は、笑った。

「ある女の方から、あなたに伝言を頼まれているんですけど」

「冴子さんからですか?」

と、早川は、思わず、大きな声になっていた。

「ええ。その方から」

「彼女、なんて?」

「ある事情で来られなくなったんで、あなたを連れて来てくれって、頼まれたんですよ」

「ある事情って?」

「さあ。あたしには、何もいいませんけどね、誰かに顔を見られるのを怖《こわ》がってるみたいですよ」

「それで、今、彼女はどこにいるんですか?」

「あたしのマンション。今もいったように、あなたさえよかったら、連れて来てくれって、頼まれて、いるんですけどね」

「連れてって下さい」

と、早川はいった。

女は、ニッコリ笑ってから、早川を、道路の端にとめてある車に案内した。

外国のスポーツ・カーだった。

白いパンタロン姿の女は、自分でハンドルを握ると、荒っぽく車をスタートさせた。

二十分ばかり走った、高層マンションの前でとまった。

「ここの五階なんですよ」

女は、さっさと車をおりて、マンションの中に入って行く。早川も、その後に続いた。

「彼女、元気ですか?」

「ええ、元気ですよ。どうしても、もう一度あなたに会いたいっていって、いい続けていますよ」

エレベーターで、五階まで上った。

新しくて、高級そうなマンションだった。

多分、一部屋二、三千万円はするだろう。

女は、五〇六号室のドアを開け、

「お連れしたわよ」

と、急に、くだけた調子で、奥に向かって声をかけた。

人影が現れた。が、早川の前に現れたのは、彼女ではなかった。

サングラスをかけた男だった。
三十五、六の太った男だ。その男の手に、鈍く光る拳銃《けんじゅう》が握られているのを見て、早川は、息をのんだ。
「まあ、坐《すわ》れよ」

と、男は、後ろのソファを、顎《あご》で示した。

早川は、仕方なく、ソファに腰を下ろした。

女は、奥の部屋に姿を消した。

「まず、名前を聞かせて貰おうか」

と、男は、低い声でいった。

「早川明」

ふるえる声で、早川は答えた。

「早川か。彼女とは、どんな関係だ?」

「どんな関係だって、いいじゃないか」

「うるさい。こっちの質問に答えりゃいいんだッ」

と、男は、声を荒らげた。拳銃の銃口が、ぴくりと動いて、早川の背筋に冷たいものが走った。

凶暴そうな男だから、本当に射つかも知れない。

「彼女から受け取ったものは、どこにあるんだ？」

と、男が早川を睨《にら》んだ。

「おれのアパートだ」

「嘘をつけッ。あれは探したがなかったぞ」

「じゃあ、泥棒は、あんたか」

「立てよ」

「立て？」

「立てといっているんだッ」

男が怒鳴り、早川が、ソファから立つと、いきなり、拳銃の先で、腹をなぐられた。一瞬、息がつまり、早川は、床にうずくまってしまった。

その背中を、男が蹴《け》とばした。

「うッ」

と、唸《うな》って、早川は、床に転がった。

「どこにかくしたんだ？」

「知るもんか」

と、早川も、怒鳴った。男のやり方に、猛然と腹が立ってきたのだ。

怖さを忘れて、ふらふらと立ち上がると、今度は、拳銃で、後頭部を殴られた。

すッーと、意識がうすれていった。

6

子供の時の夢を見た。

小学生で、宿題を忘れて叱《しか》られる夢だった。教師に叱られるのが嫌で、校庭を逃げ廻《まわ》るのだが、とうとう捕まって、頭を殴られたところで、

「うッ」

と、呻《うめ》き声をあげて、早川は、眼を開いた。

一瞬、自分が、なぜ、ここに倒れているのかわからず、ぼんやりと白っぽい天井を見上げたが、後頭部の刺すような痛みに顔をしかめているうちに、サングラスの男のことや、妙な女に、車に乗せられたことなどを思い出した。

腹も痛む。そうだ。腹も殴られたんだと、思い出し、ふらふらと立ち上がった。

「あッ」

と、思ったのは、いつの間にか、パンツ一枚の裸にされているのだ。

居間を見廻した。サングラスの男も、パンタロンの女も姿を消している。早川の服は、居間になかった。

まさか、早川の上衣とズボンを持ち去ったわけでもあるまいと思いながら、早川は、奥の寝室をのぞいてみた。

ベッドの横に、彼の上衣とズボンが乱雑に放り投げてある。

まず、上衣を拾いあげ、ポケットを探《さぐ》った。なくなっていた。冴子がくれたラブ・レターも、早川の返事の手紙も、消えてしまっているのだ。あのサングラスの男が持ち去ったに決まっている。

「畜生《ちくしょう》ッ」

と、声をあげてののしり、ズボンに足を突っ込みながら、何気なく、ベッドの反対側に眼をやった。

あの女が寝ている、と、最初は思った。

だが、寝ているのではなかった。仰向《あおむ》けの顔が、苦痛にゆがみ、細い喉首《のどくび》に、しっかりと、革のバンドが食い込んでいたからである。

殺されているのだ。

早川の顔が、蒼《あお》くなった。

あのサングラスの男が、殺したに違いない。それを非難する気持ちよりも、ここでぐずぐずしていたら、自分が犯人にされてしまうに違いないという恐怖の方が強かった。

ズボンをはき、シャツを着ると、上衣を手に持って、部屋から飛び出した。

ズボンのバンドがなくなっているのに気がついたのは、マンションから二〇〇メートル近くも逃げてからだった。それに、カメラも忘れて来てしまった。

（あの女の首に巻きついていた革バンドは、おれのバンドだったんだ）

と、気がついて、改めて、早川は、顔から血の気が引いていくのを覚えた。

バンドには、裏側に、ナイフで自分のイニシャルを彫りつけてある。警察は、きっと、あれに気付くだろう。

それにカメラだ。レンズの番号から持ち主である早川の名前がわかってしまうかも知れない。

そうなったら、警察は、きっと、犯人は早川だと考えるだろう。公園で、突然、美しい女性にラブ・レターを貰った話から、車であのマンションに案内されたことを話したところで、証拠のラブ・レターが無くなってしまっていては、警察が信用してくれる筈がない。

とにかく、革バンドとカメラを取りに行かねばと思い、危険を承知で、早川は、マンションに引き返した。

マンションが見える所まで来たとき、突然、背後で、けたたましいパトカーのサイレンが聞こえた。

ぎょっとして立ちすくんだ。その横を、一台、二台と、パトカーが、マンションに向かって走り抜けて行った。

遅かったと舌打ちした。もう間に合わない。警察は、死体を発見し、凶器の革バンドやカメラを見つけるだろう。それに、あの部屋には、彼の指紋が、べたべたくっついている筈だ。

早川は、逃げ出した。

7

その夜、早川は、アパートに閉じ籠《こも》り、事件を報じるテレビニュースを食い入るように見つめた。

殺された女の名前は、神谷由利江《かみやゆりえ》。三十歳。新宿のバーのマダムだと、ニュースはいう。もちろん、早川にとっては、初めて聞く名前だった。

男関係は派手だったとも、アナウンサーはいう。あのサングラスの男も、その中の一人だったのだろう。

最後に、アナウンサーが、こういった。

「警察は、被害者の首に巻きついていた革バンドに彫られていたA・Hのイニシャルの男が犯人と考え、その線で捜査を進めています。なお、高級一眼レフカメラが置き捨てられており、これも、犯人の遺留品と考えられている模様です」

事態は、やはり、早川が恐れた方向へ進んでいくようだった。

（しかし、なぜ、こんなことになってしまったのだろうか？）

と、早川は、改めて考え込んでしまった。

冴子という美人に、思いもかけず、ラブ・レターを貰ったのが、事の始まりだった。楽あれば苦ありというが本当だ。

あのサングラスの男は、早川に嫉妬し、冴子が彼にくれたラブ・レターを奪い取ろうとして、あのマダムのマンションに呼び出したのか。そして、早川を殴って気絶させ、ラブ・レターを奪った。ところが、前々から、あの男が好きになっていたバーのマダムが、男に絡んだ。それで、サングラスの男は、マダムを絞殺してしまった。しかも、早川に罪をきせる気で、彼の革バンドを使った。

早川が、最初に考えたのは、そういうストーリィだったが、何となく納得できないところもある。

冴子は、素晴らしい美人だ。単なる美人というだけでなく、知性も感じられる。彼女のために、嫉妬し、彼女が他の男に渡したラブ・レターを奪い取りたくなる気持ちもわからなくはない。早川が、彼女にふられた立場だったら、同じことをやるだろう。

だが、そのために、拳銃まで振り廻すのや、殺人まで犯すというのは、少しばかり行き過ぎではないだろうか。

早川の疑惑は、それ以上進まなかった。そんな疑惑より、身にふりかかった火の粉《こ》を払い落とさなければならなかったからである。

あのカメラは、買った店に、レンズ番号が登録されている。警察の力をもってすれば、今日、明日中にも、早川の名前が割れてしまうだろう。そうなったら、万事休すだ。それまでに、なんとかしなければ、無実の罪で刑務所に放り込まれてしまうかも知れない。

ただ一つの望みは、ラブ・レターの主の冴子を見つけ出すことだった。彼女に聞けば、サングラスの男が、どこの誰かわかるだろう。

しかし、どこに行ったら、彼女に会えるのだろうか。手掛かりといえば、冴子という名前と、中央パレスホテルの便箋だけである。となると、もう一度、あのホテルへ行って、フロントで、彼女が泊まったかどうか調べて貰うより仕方がない。偽名で泊まったようだから、冴子の顔立ちをよく説明し、フロントだけでなく、ボーイや、掃除のおばさんにも当たってみよう。

早川は、そう考えて、テレビを消し、アパートを出た。

すでに、午後七時を過ぎ、公園は暗く、水銀灯が青白い光を投げかけていた。早川は、公園を斜めに横切って、中央パレスホテルに向かった。

公園の一番暗いところへ来たときだった。

ふいに、人影が近づいて来て、ぴったりと早川の横に並んだ。脇腹《わきばら》に、拳銃の銃口が当った。

「声を立てずに、まっすぐ歩け」

と、男がいった。あのサングラスの男だった。

早川は、恐怖よりも、怒りが先に立って、

「またか」

と、口走っていた。

「うるさい。死にたくなかったら、黙っていろ」

と、男は、押し殺した声でいった。

公園の出口に、アメリカの高級車がとまっていて、早川は、そのリア・シートに押し込まれた。

「やってくれ」

と、男は、運転手にいった。

「どこへ連れて行くんだ？」

早川は、走り出した車の中で、サングラスの男にきいた。

「ドライブさ」

と、男はいう。

「バーのマダムを殺したのは、あんたなんだろう？」

「警察は、君だと思っているみたいだぜ」

と、男は、ニヤッと笑ってから、その笑いを消した顔に戻って、

「どこにあるんだ？」

「何が？」

「とぼけるなよ」

と、男は、銃口で、早川の脇腹を小突いてから、

「あの女から渡されたものだよ。どこへ隠したんだ？」

「彼女のくれたラブ・レターは、あんたが持って行っちまったんじゃないか」

「ああ。ラブ・レターはな。だが、おれの欲しいものは、あんなラブ・レターじゃない。他のものだ。こういえば、何だかわかる筈だ。そうだろう？　え？」

また、男は、早川の脇腹を小突いた。その痛さと、怖さに、早川は、顔をしかめた。

「他に、何があるっていうんだ。僕が彼女から貰ったのは、あのラブ・レターだけだ。だから返事を書いて、彼女に渡そうとしたのに、あんたが持って行っちまったんだ。二つとも返してくれ」

「いいとも」

男は、拳銃を持っていない手で、ポケットから二通の手紙を取り出して、早川の膝《ひざ》の上に、投げてよこした。

冴子のラブ・レターと、早川の返事の二通に間違いなかった。

「返したんだから、謎解《なぞと》きをして貰おうじゃないか」

と、男が、妙なことをいった。

「謎解きって、なんのことだ？」

「とぼけるなッ」

男が、いらいらした顔で、また怒鳴った。

「別に、とぼけちゃいない。何のことかわからないから聞いてるんだ」

早川の声も荒くなった。

「おれがきいてるのは、そのラブ・レターの意味だよ」

と男がいった。

「意味？　ラブ・レターは、ラブ・レターじゃないか。この手紙に書いてあるとおりさ。彼女は、僕が好きだから、あの手紙をくれたんだ。あんたは、そう思いたくないだろうがね」

「あの女が、あんたにひと目惚れして、ラブ・レターを書いたとでもいうのか？」

「ああ。そうさ」

「おれを甘く見るなよ」

と、男は、すごんだ。

「別に甘く見ちゃいないよ」

「それなら、あの女が、あんたに惚れたなんて、詰まらない嘘をつくのは止めるんだな。あの女のことは、少しは知ってる。男にラブ・レターを書くような、そんな甘い女じゃないんだ。となれば、そのラブ・レターには、別の意味がかくされている筈なんだ。あんたの返事にもな。返事の中の数字は、なんの意味だ？」

「数字って何のことだい？」

「二七、一七五、七〇だよ」

「そいつは、僕の年齢と、身長と、体重じゃないか」

「ラブ・レターの返事に、そんな馬鹿なことを書くやつがいるものか。何の暗号なんだ？え？」

「僕は、あんたが何といおうと、自己紹介の意味で書いただけさ。別の意味なんかあるものか」

「どうしても、本当のことを話さない気か？」

男の声が、次第に甲高《かんだか》くなってきた。明らかに、いらだっているのだ。

だが、早川は、他に答えようがなくて、

「本当にも何にも、僕には、他に答えようがないよ」

と、いうと、男は、サングラスの奥から、早川を見すえて、

「仕方がない」

と、いってから、運転手の肩を軽く叩《たた》いた。

「人のいない静かな場所へやってくれ」

「僕をどうする気だ？」

早川がきいたが、男は、返事をせず、押し黙ってしまった。その沈黙が、早川には恐しかった。

「僕を殺す気か？」

8

この男は、自分を殺すつもりだと、早川は確信した。

早川は、窓の外を見た。夜の街《まち》が、時速六〇キロぐらいで流れ去っていく。交番かパトカーでも見えたら、思い切ってドアを開け、飛びおりようと思うが、見えるのは街灯の明かりだけである。そんな早川の心を見すかしたように、

「逃げれば、背中からでも射つぞ」

と、冷たくいった。

車は、多摩《たま》川の河原に乗り入れたところで止まった。人の姿はなく、生《お》い茂った雑草が、ざわざわと音を立てている。

「おりろ」

と、男がいった。

「なぜ、僕を殺すんだ?」

「邪魔なやつは、消してしまうのがおれのやり方なのさ」

男に押されて、早川は、河原におりた。川面《かわも》を吹き渡ってくる風が、やけに冷たかった。

両足が、小刻みにふるえている。大声で悲鳴をあげて、助けを求めたいのだが、喉がからからに乾いて、声にならないのだ。

(なんで、こんな所で、こんな男に殺されなければならないのか)

その口惜《くや》しさだけが、やたらに、胸にこみあげてくる。

「僕を殺したって仕方がないじゃないか」

早川は、辛《かろ》うじて、かすれた声で、それだけいった。

だが、男は、早川の言葉を無視し、銃口を彼に向けたまま、煙草をくわえた。

「往生際《おうじょうぎわ》はよくしろよ」

「いやだ。なんのために死ななきゃならないんだ?」

「あの女から、例のやつを受け取ったのがいけないのさ」

「女から、ラブ・レターを貰ったら殺されなきゃいけないのか」

「ラブ・レターだって？　まだ、そんなことをいっているのか」

男は、皮肉な笑い方をし、運転手に向かって、

「エンジンを思いっきりふかしてくれ」

と命じた。

エンジン音が大きくなる。その音で、拳銃の射撃音を消してしまおうというのだろう。

男の眼が、氷のように冷たく、殺人者の眼だ。

その時、どこかで、誰かが何か叫んだような気がした。

男の眼に、一瞬、狼狽《ろうばい》の色が浮かんだ。が、狼狽したまま、拳銃の引金をひいた。

早川の眼の前に火花が散った。閃光《せんこう》が夜の闇《やみ》を引き裂いた。

右の太腿《ふともも》に、猛烈なショックを感じて、早川は雑草の上に転倒した。手をやると、太腿の外側から、血が噴《ふ》き出している。弾丸が、かすったのだ。

男は、あわてて、拳銃を構え直した。

その時、また叫び声が聞こえた。今度は、はっきりと、声になって聞こえた。

「やめろッ。警察だッ」

早川は、転倒したまま、土手の方に眼をやった。

黒い影が、三つ、四つと、こちらに向かって駈《か》け寄ってくるのが見えた。

9

早川は、救急車で病院に収容された。一週間の軽傷だった。

二日目に、二人の刑事が、訊問《じんもん》に訪れた。

「君は、運が良かったよ」

と、年かさの刑事が、早川の枕元《まくらもと》でいった。

「僕も、そう思います。なぜ、あのとき警察が来てくれたんですか？　僕を尾行していたんですか？　バーのマダム殺しの疑いで」

「いや。われわれが追っかけていたのは、あの男の方さ。野田五郎《のだごろう》という男でね。ちょっと有名なんだ」

「殺し屋ですか？」

「いや、そんなんじゃないが、事件屋みたいなものだな。大会社なんかが、表沙汰《おもてざた》に出来ない事件に出あったとき、金をつかませて事件の解決を頼む。そういう種類の男だよ。今度も、ある事件で動き廻っているので、われわれがマークしていたんだ」

「しかし、そんな男が、なぜ、僕を殺そうとしたんですか？」

「君が、美人からラブ・レターを貰ったせいさ」

と、刑事は、笑ってから、

「本当に、貰ったのは、ラブ・レターだけかね？」

「そうですよ」

「そうだとすると、野田は、とんだ思い違いをしたというわけだ」

「僕が、彼女から何を貰ったと思っていたんですか？」

「マイクロ・フィルムだ」

「え？」

「ある大きな会社で、秘密事項を写したマイクロ・フィルムが盗まれたんだ。表沙汰に出来ないので、会社は、野田に取り戻しを依頼したんだな。第一の容疑者は、副社長秘書の武藤明子《むとうあきこ》ということで、野田は、彼女をマークした。君にラブ・レターをくれた美人さ」

「冴子というんじゃないんですか？」

「そいつは偽名だよ」

と、刑事は、早川のうかつさを笑うように、ニヤッとした。

もう一人の刑事が、言葉を続けて、

「野田は、彼女をマークしているうちに、君に封筒を渡したんで、てっきり君が、マイクロ・フィルムの受取人だと思ったようだ。それで、家探しなり、知り合いのバーのマダムを使って、君を誘い出したりしたんだそうだよ」

「あの男は、なぜ、バーのマダムを殺したんですか？」

「野田自身が、君を殺人犯に仕立てて追い詰めれば、マイクロ・フィルムを吐き出させることが出来ると思ったといっているよ」

「それだけのために、殺したんですか？」

「野田は、そういう男さ」

「冴子じゃなかった、武藤明子は、どうなるんですか？」

「会社を辞《や》めたし、会社の方も、表だって告訴していないから、どうにもならんのじゃないかな」

それだけいって、二人の刑事は、帰って行った。

一週間して、早川は退院した。

つまり妙な事件に巻き込まれて、危《あや》うく死ぬところだったが、事件が終わってしまうと、また元の退屈な日常に戻ってしまった。

朝起きると、他に行く所もなく、また、公園に出かけ、池の前のベンチに腰を下ろす。

退院して、三日目。早川が、ベンチに腰を下ろし、ぼんやり池の面を眺めていると、ふと、人影が、前に立った。

眼を、あげると、あの女だった。

「探してたのよ」

と武藤明子は、あっけらかんとした顔で、早川にいった。

相変わらず、美しい顔をしていた。

「これ、迷惑をかけたお詫《わ》びよ」

と、明子は、封筒を差し出した。

「何です？」

「何って、お金に決まってるじゃないの」

「警察で聞きましたよ」

「そう」

「僕を利用したわけですね？」

「まあ、そうね。会社に頼まれた男がつきまとって、肝心のマイクロ・フィルムを、競争相手の会社に売れなくて困ってたのよ。彼等の注意を、他に向けたかったの。あの中央パレスホテルに入って考えているうちに、ちょっとしたアイデアが浮かんだわけよ。ラブ・

レターを書いて、見ず知らずの男に渡す。男は自惚れが強いから、きっとニッコリする。それを遠くから見ていれば、マイクロ・フィルムを封筒に入れて、取引相手に渡したと思うに決まってる。実験したら、案の定、上手《うま》くいったわ。彼等の注意が、あんたに向いている間に、あたしは、マイクロ・フィルムがお金になって、望みのものが買えるようになったわ。だから、これはそのお礼よ。十万円も入ってるのよ。あんただって、儲《もう》けたじゃないの」

女は、得意そうにいった。

早川は、ゆっくりベンチから立ち上がった。

「つまり、誰だってよかったわけかい？」

声が、喉にからんだ。

「十万円よ。あんたにとっては、大金じゃないの？」

「いいから、質問に答えろよ。ラブ・レターを渡す相手は、誰でもよかったのかい？」

「まあ、そうね。ホテルを出て、公園に行ったら、あんたが最初に眼に入ったのよ。それだけのことよ。さあ、早くお金を受け取りなさいよ――」

ふいに、ぱしッと、女の頬《ほお》が鳴った。

早川は、殴っておいて、くるりと背を向け、歩き出した。

女を殴ったのも、まして、あんな美人を殴ったのは、生まれて初めてだった。
手より胸が痛かった。

幻の魚

1

イシダイが、幻の魚と呼ばれるようになってしまったのは、いったい、何時《いつ》頃からなのだろうか。

少なくとも、田島《たじま》が、釣りに凝《こ》り出した頃には、イシダイは、めったに釣れない貴重な魚になってしまっていた。乗り合いの釣り船なんかで、老人と隣り合わせになると、伊豆《いず》あたりで、イシダイが、いれぐいだったことがあるなどと話してくれるのだが、田島にとっては、まさに、夢物語である。

雑誌の挿《さ》し絵の仕事をしているので、比較的、時間の余裕があり、西伊豆の波勝崎《はがちざき》などへ車で出かけるのだが、目当てのイシダイは、なかなか釣れず、外道《げどう》のウツボばかりが針にかかってくる。イシダイ釣りは、一日一尺（約三〇センチ）といわれ、一日釣って、一匹釣れればいいとしなければならないのだが、釣り人というのは、我慢ということが、なかなか出来ないもので、どこそこの磯《いそ》で、イシダイが釣れたというと、その情報が不確かなものであっても、竿《さお》をかついで、飛び出して行くのである。

六月上旬のその日も、伊豆七島の式根《しきね》島で、六、七キロの大物が出たという情報を耳にして、田島は、出かけることにした。

式根島は、イシダイ釣りのエサであるサザエがないので、東京で用意していかなければならないのが、ちょっと不便だが、地形が複雑で、釣りにふさわしい磯が多い島である。

田島は、愛用の竿をかつぎ、六月七日の夜、竹芝桟橋《たけしばさんばし》から大島《おおしま》行の船に乗った。式根へは、大島で乗りかえである。

梅雨《つゆ》の盛りで、この日も、朝から、じとじとと、細《こま》かい雨が降り続いていたが、そのおかげで、船客は、まばらだった。田島としては、この方が有り難かった。梅雨が明ければ、伊豆七島行きの船は、若者たちで満員になってしまい、落ち着いて、磯釣りができる状態ではなくなるからである。

田島は、一等船室の窓際に腰をかけた。映画館みたいに、ずらりと並んだ座席に、ほとんど人の姿がない。が、それでも、出航間際《まぎわ》になると、釣り支度の男が二人、どやどやッと船室に入って来て、ひとかたまりに腰を下ろした。いずれも三十歳前後の男たちで、アイスボックスまで下げた完全武装である。

(彼等も、あの情報に小躍《こおど》りして、式根島へ出かけるのだろうか?)

と、田島は考えた。式根で、一緒に釣りを楽しみたいという気がする一方では、人数が少ない方が、イシダイを釣るチャンスが増えるのだがと、思ったりもした。釣り好きに悪人はいないというが、エゴイストは、ごまんといる。

翌朝の午前五時。夜明けに、船は、大島の岡田港《おかだ》に着いた。同じ桟橋の反対側から、利《と》島《しま》、式根島、神津《こうづ》島などへ行く船が出る。大島までは、二〇〇〇トンの大型船だが、ここからの船は、六〇〇トンと小さくなる。当然、揺れ方はひどくなる。そのためか、小さな船室に入ると、洗面器が、積み重ねてあった。

例の二人組は、田島の予想どおり、彼と一緒に、式根島でおりた。向こうが、じろじろと田島を見ながら、船をおりて行ったのは、多分、イシダイ釣りのライバルとでも思ったからに違いない。

田島たち三人の他には、式根でおりた客はいなかった。野伏《のぶし》港という小さな入り江に、コンクリートの岸壁が伸びていて、そこが港である。設備が悪いので、艀《はしけ》を使っての上陸だった。

雲が切れて、陽《ひ》が射してきた。

面積三・八平方キロ、人口約千人の小さな島である。夏には、民宿ができるが、今は、島に五軒ある旅館のどれかに、泊まるより仕方がない。

田島は、岸壁のところで、わざと一服して、二人の姿が見えなくなるのを待ってから歩き出し、島の南側にある足付《あしつき》旅館に向かって、歩いて行った。この旅館の近くの磯で、例の大物が釣れたということだったからである。

島の北端の野伏港から、南の足付旅館まで歩いて三十分の距離で、そのくらいの広さの島だということでもある。

二階建ての可愛らしい旅館だった。収容人員は、十五、六人といったところだろうか。迎えに出て来た中年の主人夫婦にきくと、泊まり客は、若い東京の女性一人だけだという。あの二人は、他の旅館に入ったらしい。

「女一人で、今頃《いまごろ》、何しに来たんだろうね？」

と、田島は、部屋に案内して貰《もら》いながら、宿の主人にきいてみた。真っ黒に陽《ひ》焼けした顔は、宿の主人というより、漁師という方がふさわしい。

「釣りに来たといってましたよ」

宿の主人は、ニコニコ笑いながらいった。

「若い女の釣り師というのは、珍しいねえ」

「昨日、おみえになったんですがね。今日も、磯竿《いそざお》を持って、お出かけになりました。朝早くから。お弁当を作って、差しあげたんですが、イシダイが、釣れるといいんですがねえ」

「イシダイを釣りに来たのかい？」

「そうおっしゃってましたがねえ」

相変わらず、ニコニコ笑いながら、宿の主人がいった。

最近は、女性の釣り師も多くなったが、たいていが、キスとか、海タナゴ、あるいはハゼといった小物釣りが多い。たった一人で、イシダイを釣りに来ているというのは珍しい。引きの強い魚だから、体力にも自信があるのだろう。

田島は、部屋で一休みしてから、旅館を出た。

リアス式の海岸なので、この島は、到るところが、好釣り場である。田島は、まず、旅館に近い大崎《おおさき》へ歩いて行き、突端に腰を下ろした。風が少し強いが、釣りには絶好の日和《ひより》だった。

黒潮が近くを流れているので、海面が泡立《あわだ》っている。イシダイは、潮流の早い岩礁《がんしょう》地帯に住みつく魚だから、釣れる可能性がある。田島は、ポイントを決めると、コマセに使うサザエを、ハンマーで砕《くだ》いた。撒《ま》き餌《え》である。

コマセをしてから、餌《えさ》をつけて、竿を投げ入れた。あとは、じっと待つだけだった。海面が光るので、サングラスをかけ、岩に腰を下ろして、周囲を見廻《みまわ》した。

船で一緒だった二人の姿は見当たらなかった。他の場所で、釣っているのだろう。宿の主人がいった、東京の若い女というのも、姿が見えない。

（美人かな）

などと、あらぬことを考えたりしたせいか、いっこうに、食いがない。仕掛けを、途中で変えてみたが、それでも駄目だった。陽が落ちて来たので、明日を期することにして、田島は、旅館に戻った。

夕食を運んでくれたおカミさんが、

「東京の女の方《かた》も、釣れなかったそうですよ」

と、なぐさめるようにいった。

「名前は、何というの？　その女性は」

「小山有子《こやまゆうこ》さんと、宿帳に、お書きになっていましたよ。お食事をすませてから、温泉へ行くといって、お出かけになりましたけど」

2

田島も、温泉へ出かけることにした。

式根島には、二つの温泉がある。足付、地鉈《じなた》の二つで、どちらも、海の中に、約七十度の温泉がわき出している。もちろん、露天風呂《ぶろ》で、潮の干満によって、温度が変わってくる面白《おもしろ》い温泉でもある。

田島は、地鉈温泉まで歩いて行った。名前どおり、地面をナタで割ったような、深い谷底にある温泉だった。

月が出たので、ぼんやりと明るい。田島は、急な坂道を、海に向かって降りて行った。コンクリートで階段を作ってあるといっても、真下に落ちて行くような急な階段で、月が出ていなければ、怖《こわ》くて、おりられないだろう。

小山有子という若い女の姿はなかった。足付温泉の方は、途中でのぞいてみたのだが、誰の姿もなかった。

(ちょっと残念だな)

と、思いながら、田島は、裸になり、湯壺《ゆつぼ》に身体を入れた。打ち寄せる波が、湯壺の中へ、ざあッと音を立てて浸入してくる。普通の温泉では味わえない、豪快な気分だった。

遠く水平線を眺めながら、田島は、いい気持ちで湯につかっていたが、ふと、人の気配がしたので、振り返った。その眼に、青い月の光を浴びた若い女の裸身が、いきなり飛び込んで来た。

腰に、宿の手拭《てぬぐい》を巻きつけただけの恰好《かっこう》で、女は、じゃぶじゃぶと、田島に近づいて来た。その顔が、月の光の中で笑っている。

田島も、微笑して、「やあ」と、声をかけた。

「小山有子さん？」

「――」

女は、黙って、こっくりしてから、そこで、湯壺に身体を沈めると思ったのに、田島のいるところまで、寄って来ると、いきなり、彼に抱きついてきた。

豊かな肉付きの、ずっしりした手応《てごた》えに、田島は、思わずよろめいて、危うく、湯の中に沈みかけた。

「抱いて」

と、女が、田島の耳元でささやいた。

何が何やらわからないながら、二十八歳の若い田島の身体は、自然に、女の肉体を受け止め、両腕は、彼女を抱きしめていた。

女の腰を蔽《おお》っていた手拭は、いつの間にか流れ去ってしまっている。

女の方から、唇を求めてきた。お湯の中で、女を抱くのは、奇妙な感じのものだ。特に、青白い月の光の中ではである。

女は、じっと眼を閉じて、田島にしがみついている。田島は、これが据《す》え膳《ぜん》というやつかなと、ニヤつきながら、片手で、乳房をさすり、少しずつ、下腹部の方へずらしていった。

海水に濡《ぬ》れた毛の部分をまさぐろうとすると、女は、一瞬腰を引いたが、田島の指が、執拗《しつよう》に追いかけると、あきらめたように、少しずつ、湯壺の中で足を開いていった。

田島が、女の熱い部分に、指を押し当て、そっと力を籠《こ》めて沈めていくと、彼女は、「あッ」と、小さな声をあげた。田島の首に巻きつけていた女の腕に力が入り、引いていた腰を、前に、ぐいぐい押しつけてきた。

田島は、湯壺の底に両膝《りょうひざ》をつき、胸の辺《あた》りまで湯に浸《つか》って女を抱いていたのだが、身体が不安定なので、少しずつ、浅い方へ身体をずらせて行った。浅瀬に来ると、田島は、湯壺の底に、どっかりと腰を下ろし、女の足を開かせたまま、自分の膝の上に、またがらせた。

女は、田島のなすがままになっている。指の腹で、女の敏感な部分を、愛撫《あいぶ》しながら、

「いいんだね?」

と、彼女の耳元できいた。

女は、眼を閉じたまま、「え?」と、ぼんやりした声で、きき返してくる。それを、陶《とう》酔《すい》の表情と受け取って、田島は、インサートさせ、彼女の肉付きのいいお尻《しり》を、両手で引き寄せた。

女が、眉《まゆ》を寄せて、かすかに喘《あえ》いだ。その顔が、月の光の中で、ひどくエロチックに見え、田島は、思わず、女の乳首を噛《か》んだ。女は、身体をよじらせたが、そのあと、急に、

「やめて！」

と、鋭く叫び、身体を引き放した。乳首を噛んだのを怒ったのかと思い、田島は、あわてて、

「ごめん」

と、謝ったが、女は、無言でくるりと背を向け、湯壺の反対側に歩き去ってしまった。

3

田島は、呆然《ぼうぜん》として、湯壺から上り、岩かげに消えた女を見送っていた。何故《なぜ》、急に、女が怒ったのか、田島にはわからなかった。乳首を噛んだといっても、そんなに強く噛んだわけではない。軽く噛んだだけだ。

もっとも、女によって、鼻に触わられるのが嫌だったり、耳は嫌だというのがいるから、あの女は、乳首を噛まれるのが嫌いだったのかも知れない。そんな風に考えるより仕方がなかった。

こんな時の男ほど、馬鹿らしいものはない。燃焼しかけた欲望の吐け口がなくなって、田島は、膝小僧を抱え、着がえを終わった女が、急な坂をあがって行くのを見送っていたが、そのうちに、子供みたいに、湯壷の中を泳ぎ廻った。

一時間ほどして、田島は、宿へ帰った。自分の部屋へ入ったが、することがない。夏のシーズンには、小さなスナックが開店するらしいが、今の時期には、飲むような店はなかった。仕方がないので、宿のカミさんにビールを持って来て貰った。

「小山有子という女の人は、帰って来たかい？」

と、きくと、

「ええ。一時間ほど前に、お帰りになりましたよ」

と、カミさんはいった。やはり、あの女が、小山有子という、この宿の泊まり客だったのだ。

「何かいってなかったかい？」

「いいえ。別に」

「いつまでいるのかな？」

「さあ。何日とは、おっしゃっていませんけど、どなたか、いらっしゃるのを、お待ちになってるみたいですけど」

（なるほどな）

と、田島は、思った。恋人と、ここで落ち合うことになっているのに、相手が、なかなか、やって来ない。それで、浮気心を起こしたというわけなのか。

その夜は、ビールを一人で半ダースばかり飲み、いい気分になって、眠ってしまった。

翌朝、眼を覚ましたのは、九時近かった。

遅い朝食を、宿のカミさんに給仕して貰いながら、小山有子のことを聞いてみると、

「朝早く、おたちになりましたよ」

という答えが、はね返って来た。

「しかし、連絡船が出るのは、十時過ぎじゃないのかい？」

「ええ。でも、いいんだとおっしゃって、おたちになりました。お客さんは、今日も、釣りにお出になりますか？」

「ああ。そのために来たんだからね」

田島は、にぎりめしの弁当を作って貰い、アイスボックスや、釣竿、それに、大物が掛かった時の用心にギャフなどを持って、宿を出た。

少し曇っていたが、雨が降る心配は、なさそうだった。昨日、大崎で駄目だったので、今日は、少し離れた孫市《まごいち》と呼ばれる地磯《じいそ》に足を運んでみた。

それがよかったのか、一発で、ぐぐッと引いた。グラスファイバーの竿が、弓なりになる。イシダイ釣りのだいご味である。この感触が味わいたいために、飛行機で沖縄まで出かけたりするのである。手早く、リールの糸を巻き取る。やがて、海面に、きらりと銀鱗《ぎんりん》が光って、魚があがってきた。イシダイではなく、クチジロイシダイだったが、五、六キロはある大物だった。

アイスボックスを開けて、中に放り込んでから、田島は、「おやッ」と思った。アイスボックスが違っているのだ。色も大きさも同じだが、横腹に、イニシャルを書いておいたのに、それがない。

（あの女だ）

と、思った。アイスボックスは、旅館の玄関に置いておいた。彼女も、そうしてあった筈《はず》である。よく似ていたので、間違えて、持って帰ってしまったのだろう。と、推測はできたが、相手は、朝早くたってしまったし、今更、取り返すわけにもいかなかった。

（まあ、いいや）

と、いう気になって、そのまま、釣りを続けた。宿帳に、あの女の住所は書いてあるだろうから、東京に戻ってから返してもいいし、それがきっかけで、また、あの女を抱けるかも知れない。

夕方までかかって、結局、クチジロイシダイが二匹釣れただけだった。それを持って、宿へ帰ると、玄関で、駐在の巡査が、宿の主人夫婦と話をしていた。カミさんの方が、田島の顔を見ると、

「お客さん。大変なんですよォ」

と、大きな声を出した。

「どうしたんだい？」

「あの女のお客さんが、死んじゃったんですよォ」

「え？」

と、田島も、思わず、大きな声を出してしまった。

中年の巡査が、じろりと、田島を見た。

「ここに、お泊まりですな？」

「ええ」

「小山有子という泊まり客を、ご存じですね？」

「知っているといっても、偶然、この旅館へ泊まり合わせただけのことですよ。言葉を交《か》わしたこともありません」

嘘をついたのは、変な関わり合いになりたくなかったからである。だが、あの女が死ん

だことに関心はあった。

「死んだというと、連絡船が事故でも起こしたんですか？」

「いや。船の事故じゃありません。一時間ほど前、神引浦《かんびきうら》の海岸近くで、水死体で見つかったんです。いろいろと調べたところ、ここに、一昨日《おととい》から泊まっていた客だとわかったものですからね」

神引浦というのは、島の西海岸にある海水浴場だが、まだ、海水浴の季節でもないのに、あの女は、なぜ、そんなところに行ったのだろうか。

「自殺ですか？」

「さあ、何ともいえませんな。今、宿帳にあった東京の住所に連絡しているところですが、どうも、小山有子というのは、偽名らしいのですよ」

「なぜ、偽名とわかるんですか？」

「近くに、アイスボックスが転がっていたんだが、それに書いてあったイニシャルが、小山有子に合わんのですよ。S・Tですからねえ」

それは、私のアイスボックスだといいかけて、田島は、あわてて、言葉を呑《の》み込んだ。自殺か事故死ならいいが、もし、死因に不審な点でもあったら、たちまち、容疑者にされてしまうに違いないと思ったからだった。

宇田川《うだがわ》という駐在の巡査は、何か気がついたことがあったら知らせて欲しいといって帰って行った。

4

妙な気持ちだった。

昨日、地鉈温泉で抱いた女が、死んでしまったのだ。自殺だとしたら、ここで会う筈だった男が来なかったので、自棄《やけ》を起こしたのだろうか。

(若くて、いい身体をしていたのに、もったいないことをしたものだ)

と、思ったが、それ以上の感慨はなかった。無責任な感想だが、相手が行きずりの女性では、止むを得ないところだろう。

いくら考えても、仕方がないことなので、釣ってきたクチジロイシダイを焼いて貰い、それを肴《さかな》にして、夜半近くまで飲んでから床についたのだが、午前二時頃、宿のカミさんの叫び声で、眼を覚ましてしまった。

「泥棒!」

と、カミさんが、叫んでいる。

田島は、寝巻のまま、廊下に飛び出した。

暗い廊下に、明かりがついた。帳場へおりて行くと、主人夫婦が、青い顔で、うろうろしていた。

帳場の中が、引っかき廻されている。宿の主人が、駐在に知らせてくるといって、飛び出して行った。電話線も、切られているのだと、カミさんが、おろおろした声でいった。

「帳場の方で、ガタガタ音がするんで、主人を起こして、来てみたら、このありさまなんですよ」

「泥棒を見たの？」

「黒い人影が、逃げ出して行くのを見ましたよ。でも、顔なんか全然」

カミさんが、溜息《ためいき》をついたところへ、宇田川巡査が、主人に案内されて入って来た。

「立て続けに、嫌なことが起きるねえ」

と、宇田川巡査は、首をふりながら、帳場をのぞき込んで、

「こいつは、ひどい荒されようだねえ」

と、いった。彼の言葉どおりだった。机の引出しは、ぶちまけてあるし、整理ダンスの五段引出しも、全部、引き抜いて、畳の上に放り出してあるのだ。手提《てさげ》金庫のふたも開いて、中の書類が散乱している。

「盗《と》られたものがわかるかね？」

「今わかっているのは、金庫の中に入れておいた十六万円の現金が失《な》くなっていることだけですよ」

と、カミさんが答えた。

「宝石類は？」

「そんなもの、持ってませんよ」

「どうも、嫌な事件だねえ」と、宇田川巡査は、溜息をついた。

「実は、例の女のことだがねえ。どうも、他殺かも知れなくなって来たんだよ」

「本当ですか？　駐在さん？」

「死体をくわしく調べたら、後頭部が、陥没してるのさ。海に落ちる時、岩角にぶつけたんじゃないかと思ったんだが、どうも、違うんだねえ。何かで、殴られた痕《あと》のようなんだ。くわしいことは、死体を東京に運んで、解剖しないとわからんが」

宇田川巡査の口ぶりは、他殺に違いないといっているように、田島には聞こえた。

（他殺だとすると、おれが疑われるかも知れないな）

と、思った。その証拠に、宇田川巡査は、時々、じろじろ田島の顔色をうかがっているではないか。

（明日の船で、東京に戻ることにしようか）

と、考えたが、急に、帰ると、それこそ、疑われるのではないかという気もした。それに、盗難事件もある。十六万円が盗まれた事件だって、田島が、疑われないという保証はどこにもないのだ。

「島の人間なら、こんなことはせんですよ」

と、宿の主人は、荒らされた帳場を見ながら呟《つぶや》いた。もちろん、何気なくいったのだろうが、田島は、嫌な気がした。宇田川巡査だって、多分、この土地の人間だろう。そうなると、ますます、田島が疑われることになりそうだ。とにかく、彼は、他所者《よそ》なのだからら。

翌日は、どんよりした曇り空だったが、田島は、一昨日、昨日と同じように、弁当を作って貰って、釣りに出かけた。妙な行動を取って、あらぬ疑いをかけられるのが嫌だったからである。

昨日、クチジロイシダイが釣れた孫市の磯に出かけた。クチジロを、イシダイと同じものだという人もいれば、違う魚だという人もいるが、釣りあげる時の面白さは同じである。

昨日のポイントに、コマセをし、置き竿をして、当たりを待っていると、背後に人の気配がした。妙な事件が続いたあとなので、何となく、ギョッとして振り向くと、島へ来る船で一緒だった釣り師二人が、近づいて来るところだった。

「釣れますか？」

と、サングラスをかけた、背の高い方が、田島にきいた。

「昨日、クチジロを二枚あげましたよ。釣果《ちょうか》は、今のところそれだけです」

「それなら、大したもんだ」

ずんぐりと太った方が、かついでいたアイスボックスを下ろし、

「わたしたちも、この辺りで、釣らして貰おうじゃないか」

と、連れにいった。

「そうだな」

サングラスは、「よいしょ」と、声を出して、アイスボックスや、磯竿を、その場に下ろした。

田島が、黙って見ていると、彼のすぐ傍《そば》で、二人は、竿をつなぎ始めた。

釣り人には、釣り人のエチケットというものがある。どんなに気に入ったポイントでも、先に釣っている人がいれば、他を探すのが礼儀だし、先人の迷惑になることは、つつしむのが、最低限のエチケットである。魚は敏感だから、声高に話したり、足音を立てた

りしないのも、釣りのエチケットである。

それなのに、この二人は、田島のすぐ傍で、がたがたと、やり始めたのだ。大声で話し、途中で飲んだらしい缶《かん》ビールの空缶を、眼の前で、平気で海に投げたりする。田島は、むっとした顔で、二人を睨《にら》みつけたが、相手は、平気な顔で今度は、ハンマーで、岩を叩《たた》き始めた。足場を、自分に都合のいいように削《けず》る気らしいが、その破片も、海に投げ込むのである。

田島は、とうとう我慢がしきれなくなって、

「困るな」

と、二人にいった。

「そんなことをされちゃあ、折角《せっかく》、コマセで寄せた魚が逃げてしまうよ」

自分では、つとめて、おだやかにいった積もりだったが、顔が引き吊《つ》っているのがわかった。海釣りを始めてから五年になるが、こんな乱暴な、エチケット知らずの釣り師に出会ったのは、初めてだった。

「ふん」

と、サングラスをかけた方が、馬鹿にしたように、鼻を鳴らした。

「自分だけ、もう二枚も釣り上げといて、まだ釣る気なのかねえ」

と、太った方が、眉《まゆ》をしかめて見せた。

そのあと、どんな話のやりとりになったか、田島は、あとになって、はっきりと思い出すことが出来ない。

二人は、露骨《ろこつ》に、田島に、このポイントを明け渡せというようなことをいったのだ。釣り師にとって、自分の発見したポイントは、絶対に、他人に譲《ゆず》れない宝である。川釣りでも、海釣りでも同じだった。好場所争いで、殺人事件が起きたことがあるほどである。

喧嘩《けんか》になった。

田島も、学生時代には、バスケットの真似事《まねごと》をしていたから、体力には、多少の自信があったのだが、相手は、二人である。それに、二人とも、意外に強かった。

田島も、二、三発、相手を殴りつけたが、最後は、磯場に殴り倒されてしまった。二人は、それだけでは我慢できないのか、田島の身体を二人で抱えあげると、いきなり、海に放り込んだ。

式根島の磯は、他の島と違って、岸から急に深くなっている。一〇メートル以上の深さがある。

田島は、頭から海にもぐった。あわてて、足を強く蹴《け》り、海面に出た。二人が、逃げて行くのが見えた。

這《は》い上がろうと思うのだが、波が打ち寄せるのと、滑《すべ》るので、なかなか岩礁に上ることができない。

数分間、悪戦苦闘したあげく、やっと釣り具を置いた磯に戻ることが出来た。大きく息を吐いて、田島は、しばらくの間、仰向けになって、眼を閉じていた。全身びしょぬれだが、六月で助かったと思う。これが冬だったら、間違いなく凍死していただろう。

十二、三分、そうしていてから、起きあがった。煙草《たばこ》を吸おうと思ったが、海水に濡れて、ぐちゃぐちゃになってしまっていた。

「畜生ッ」

と、田島は、改めて、腹が立ち、海に向かって怒鳴ったものの、相手の二人が消えてしまっていては、喧嘩にもならなかった。

もう一度、釣り糸を垂《た》れる気にもなれず、田島は、竿をしまって、引きあげることにした。

宿に帰る途中で、駐在の宇田川巡査に出会った。

「駐在さん」

と、田島の方から声をかけたのは、あの二人のことが、どうにも腹にすえかねたからだった。

「東京から来た二人の釣り師を、すぐ逮捕して下さい。あいつらは、ニセ釣り師だ。僕を海に放り込んで、殺そうとしたんですからね」

「殺そうと？　なぜ、そんな目にあったんですか？」

宇田川巡査は、びっくりした顔で、田島を見た。彼の着ている服は、まだ生乾きである。

「釣り場のことで、口論になりましてね。あまりにも、相手が、釣りのエチケットに反することをするものだから、僕も、思わず、カッとしましてね。それで口論になったんですよ。そしたら、あの二人は、いきなり僕を、海に放り込んだんです」

「喧嘩ですか」

なんだ、という顔を、宇田川巡査はした。

「でも、僕は、殺されかけたんですよ」

「正確にいえば、海に放り込まれたんでしょう。それに、あなたは、無事だ」

「泳げなければ、今頃《いまごろ》は、死んでいますよ」

「かも知れませんが、こちらは、今、殺人事件と、現金盗難事件を抱えて、四苦八苦しているんです。喧嘩のことにまで、手が回らんのですよ」

「小山有子という女性は、他殺と決まったんですか」

「死体を今日の船で東京に運びましたから、明日の朝までには、解剖結果がわかる筈です。具体的なことがわかるのは、その時ですが、私は、他殺だと確信しています」

「他殺だとすれば、殺したのは、あの二人かも知れませんよ。僕と同じように、彼女も、海へ投げ込まれたんですよ。きっと」

「釣り場を争ったあげくにですか？」

と、宇田川巡査は、苦笑した。

「残念ながら、違いますねえ。足付旅館の主人は、彼女が、東京へ帰るといって、宿を出たといっています。それに、釣りをしようとしていた様子はないのです。もう一つ、殺されたのだとした場合、彼女は、海に投げ込まれて溺死《できし》したんじゃありません。後頭部を殴られ、それで死んだんですよ。つまり、彼女は、殺されたあと、海に投げ込まれたことになるんです」

「僕を海に投げ込んだ二人については、調べたんですか？」

「盗難事件があったので、一応、この島に来ている観光客は、全部、調べましたよ。あなたのいう二人は、吉沢《よしざわ》旅館に泊まっている男二人の客でしょう。どちらも東京の人で、名前もわかっています。イシダイを釣りに、この島へ来たといっていますよ」

「あの二人は、悪人ですよ」

「あなたを、喧嘩のあげく、海へ投げ込んだからですか？」

「それもありますが、本当の釣り師じゃないからですよ。釣りのエチケットを知らない釣り師なんて、ニセモノだし、悪人に決まっています」

「私は、釣りにくわしくないので、何ともいえませんな」

と、宇田川巡査は、そっけなくいった。

5

宿に帰って、田島が、折角つくって貰った昼の弁当を、部屋で食べていると、カミさんが入って来て、

「午後も、釣りにいらっしゃいますか？」

と、きいた。

「どうしようかと、迷っているんだが、なぜだい？」

「ハタカ根《ね》で、五キロのイシダイがあがったと、土地の者から聞きましたもんですからね」

「しかし、ハタカ根に渡るには、船がいるんだろう？」

「うちの弟が漁師をしていましてね。頼めば、船を出してくれますよ」

と、カミさんは、いってから、

「ところで、アイスボックスは、どうなすったんですか？　お客さんのと違うような気がするんですけど」

「ああ、それか」

と、田島は、頭をかいて、

「死んだ女性の客がいたろう。彼女が、よく似ているんで、間違えて、僕のを持って行っちまったんだ。取り替えたかったんだが、あの駐在の巡査に、変な眼で見られるのが嫌なんでねえ」

「そのことなら、わかってましたよ」

「え？」

田島は、変な顔をした。どうもおかしい。

「じゃあ、違っているというのは、どういうことなの？」

「また、どなたのかと、取り違えて、おいでになったのかと思いましてね」

「まさか」

と、田島は立ち上がり、階段をおりて、玄関へ出てみた。

アイスボックスは、玄関に置いてある。確かに、宿のカミさんのいうとおりだった。違っているのだ。

田島のも、死んだ女のも、うすいブルーだったが、これは、グリーンだ。すぐ違うとわかるのに、気がつかずに持ち帰って来たのは、あの二人に海に投げ込まれたことで、かあッとしていたからだろう。

（これは、あの二人のどちらかが持っていたアイスボックスだ）

と、思った。他には、考えられない。

田島は、ふたを開けてみた。イシダイでも入っていれば、ざまあみろといいたかったが、中は、からっぽだった。当然だった。あんなニセ釣り師に、イシダイが釣れる筈がないのだ。

（とすると、あの二人のどちらかが、間違えて、おれのアイスボックスを持って行ったことになるが）

それだけ、向こうも、興奮していたということなのだろうか？

（だが、待てよ）

と、田島は、考え直した。彼の（正確にいえば、あの女のだが）アイスボックスは、彼のいたすぐ横に置いてあった筈だ。

あの二人のアイスボックスとは、五、六メートルは離れていた。それでも、間違えて、持って行くだろうか？

（いや。彼等は、意識して、アイスボックスを取りかえて、持ち去ったのだ）

そう考えた瞬間、眼の前のもやもやが、急に、消え失《う》せていくのを感じた。パズルが、いっきょに解けた感じでもあった。

田島は、宿を飛び出すと、駐在の宇田川巡査をつかまえに走った。

彼は、小山有子という女が、死体で浮かんでいた神引浦にいた。田島は、そこで宇田川巡査をつかまえると、

「僕の話を聞いてくれませんか」

「どんな話です？　あの喧嘩の話なら、聞いても仕方がありませんよ」

「いや。一つの物語です。僕の空想ですが、今度の事件と、関係があるのです」

「本当なら、聞きたいですがね」

「ここに、若くて、美しい女がいたと思って下さい。仮にA子としておきましょうか。彼女には、東京に好きな男がいました。その男が、ある日、大金を手に入れたのです。男は、強盗か、サギかわかりませんが、不正な手段によるものだったことだけは確かです。男は、その大金をA子に渡し、この式根島で落ち合うことに決めました。A子は、怪しまれるのを

恐れて、女釣り師に化け、海釣りに島に来た風を装《よそお》い、足付旅館に泊まったのです。大金は、アイスボックスを二重底にして、そこへかくしてあったのです。Ａ子は、男が島へ来るのを待ちましたが、なかなか、やって来ない。島に来て二日目の夜、Ａ子が、地鉈温泉へ行こうとすると二人の男がつけて来るのに気がつきました。見覚えのある顔でした。好きな男の悪い仲間です。彼等が、釣り師に化けて、ここへ来たということは、好きな男に何かあったに違いない。彼等は、Ａ子が持っている大金を奪い取るために、やって来たに違いない。そう考えたＡ子は、とっさに、芝居を打つことにしたのです。その芝居の相手をさせられたのが、呑気者《のんき》の僕だったというわけです。Ａ子は、さも、連れが僕だというように、湯壺の中で、僕に抱きついて来ましたよ。そうやって、一時的に、悪者二人をごまかしておいて、Ａ子は、翌朝早く、宿を立ちました。あの時間では、まだ連絡船が来ませんから、多分、金で漁船を借りて、東京なり、下田《しもだ》なりへ、逃げるつもりだったのでしょう。ところが、漁船を探しているところを、悪者たち二人に見つかってしまったのです。彼等は、Ａ子を殴り殺してから、海に放り込みました。しかし、大金は見つかりません。見つからないのも当たり前で、Ａ子は、あわてて宿を立つ時、同じ大きさで、同じ色の僕のアイスボックスを、間違えて、持って行ってしまっていたからですよ。Ａ子を殺した男二人は、彼女が、大金を、足付旅館の帳場にあずけたのではないかと考え、夜半過ぎに忍び込み、帳場を探し廻りました。

しかし、見つからない。腹を立てた二人は、行きがけの駄賃《だちん》に、金庫の中の十六万円を盗み取りました。そのあと、二人の男は、いろいろと考えてみたに違いありません。そして、アイスボックスに気がついたのです。彼等は、僕からアイスボックスを取り上げる計画を立てました。僕が磯釣りをやっているところへやって来ると、わざと、エチケットに反することばかりやって、僕を怒らせたのです。頭の単純な僕は、あっさりと引っかかって、喧嘩になりました。二人は、僕を海に放り込むと、まんまと、A子のアイスボックスを手に入れたのです。

あの時の時間は、確か十一時に近かった筈ですから、連絡船は、もう出ていたに違いありません。とすると、この二人は、漁船で島から脱出しようと、走り廻っているに違いありませんね」

田島が話し終わると、宇田川巡査は、顔を真っ赤にして、駈け出して行った。

完全殺人

1

がらんとした部屋である。調度品と呼べるものは、テーブルが一つと、椅子《いす》が、五脚あるだけだった。

その円テーブルに、五人の男女が腰を下ろしていた。四人の男と、女が一人である。彼等に共通しているのは、いずれも、三十半ば以上に見えることだけで、服装も、顔立ちも、まちまちだった。

テーブルの中央に、腰を下ろしている男は、五十歳近い、細面《ほそおもて》の、神経質そうな顔立ちだったが、その口元には、微笑が浮かび、この部屋で、主人役の位置にあることを、示していた。それに比べて、他の四人の男女は何となく、不安気な表情に見えた。何故《なぜ》、ここに招待されたのか、わからないといった顔で、きょろきょろ周囲を見廻《みまわ》している者もいたし、黙りこくって、煙草《たばこ》を、吸っている者もいる。四人が四人とも、無言なのは、お互いが、初対面であることを、示しているようだった。

「さて、皆さん」

と、細面の男が、立ち上がって、四人に、話しかけた。重い沈黙が破れたが、それは、すぐにはなごんだ雰囲気には、ならなかった。相変わらず、四人の男女の顔には当惑とも不安ともつかぬ表情が浮かんでいた。

「さて、皆さん。何故、私が、皆さんを、此処《ここ》に、招待したか、先《ま》ず、それから、説明致しましょう。大分、疑心暗鬼《ぎしんあんき》に、捕らわれていらっしゃるようですからね」

主人役の男は、にやッと、笑った。

「私は、あなた方の秘密を、知っています。いや、心配なさる必要はない。私は、あなた方の秘密をタネに、脅迫する気は、少しもありません。強請《ゆす》る積もりだったら、わざわざ、こんな場所に、お呼びしたりはしません。どころか、私は、あなた方の秘密に対して、二百万の金を差し上げる積もりでいるのです」

男は、テーブルの下から、黒革の鞄《かばん》を取り出すと、中から、分厚い札束を取り出して、テーブルの上に、ばさりと、置いた。四人の顔が、一様に赤くなり、小さな溜息《ためいき》が、洩《も》れた。主人役の男は、その効果を楽しむようにもう一度、にやッと笑った。

「さて、この二百万円を、等分に、差し上げてもいいのだが、それでは、面白味がありません。ところで、私は皆さんに、提案したい。あなた方の中で、もっとも秀《すぐ》れた方に、この二百万円を差し上げることに、したいと思うのです」

「――――」

「ご返事がないのは、賛成と、受け取らせて頂《いただ》きたい。さて、あなた方はいずれも十五年以上前に、殺人を犯しておられる。いや、逃げ出す必要は、ありません。私は警察とは関係がないし、あなた方の犯罪は、すべて十五年という時効を過ぎている筈《はず》ですからね。つまり、あなた方四人は、完全殺人に、成功された方ばかりだということです。私は、殺人を罪悪だとは、考えておりません。特に、完全殺人は、一つの芸術とさえ思っています。頭脳の秀れた者のみが、行うことの出来る殺人芸術です。私が皆さんを、ここへ、お呼びしたのは、その芸術論を聞かせて頂くためです。そのために、わざわざ所有主不明の、空《あき》別荘に、お招きしたのです。それに、壁や、床下に、テープレコーダーを隠すなどという、不粋《ぶすい》な真似《まね》は致しておりません。あなた方の、お名前を、聞きたいとも、思っておりません。あなた方に、安心して完全殺人の体験を、語って、頂きたいからであります。そして、もっとも、秀れた、殺人方法を示された方に、この二百万円を差し上げることに、したいと思います。いかがですか？」

2

一番目の男が、前に置かれた、コーヒーで、口を湿らしてから、話し始めた。

「私は、そのとき、ある病院に、入院しておりました。胃病ですが、たいした病状ではありませんでした。個室ではなく、二階の大部屋で、二人の患者と同室でした。そのうちの一人が、私の殺さなければならない相手だったのです。何故、殺さなければ、ならなかったかということは、皆さんが、適当に考えて下さい。とにかく、私は、その男を殺したいと思ったのです。病院で同室になったのが、チャンスだと、私は思いました。このチャンスを逃がしては、ならないと思いました。もう一人、患者が、いましたが、病状の軽い男でしたから、トイレへでも立ったすきに、殺せばいいわけです。しかし、私は、殺人の方法ということで、考え込んでしまったのです」

男は、一息つくと、残ったコーヒーを、飲み干した。

「殺人者の、誰もが考えるように、私も、完全殺人を考えました。相手を殺しても、自分も刑務所行では、間尺《まじやく》に、合いません。何か上手《うま》い方法はないだろうか。私はベッドの上で、考え続けました。獲物《えもの》は、眼の前に、いるのです。このチャンスを逃がしてはならない。私は、必死でした。殺すだけなら、簡単でした。相手の男は、心臓疾患で入院していて、かなり衰弱していたからです。頭を殴りつけても、頸《くび》を絞めても、相手は死ぬ筈でした。しかし、殺すのも簡単だが、逮捕されるのも、簡単だと、思いました。私が、彼を憎んでいることは、誰でも知っていましたからね。動機は、完璧《かんぺき》というわけです。それに、同じ病室にいるのでは、アリバイ工作の余地もありません。病室の中を、歩き廻る程度には、身体は回復していましたが、殺しておいて、逃げ出すほどの体力はありませんでした。つまり、彼が死ねば、必ず、私が逮捕されるというわけです。頸を絞めておいて、鴨居《かもい》に吊《つ》るして、自殺に見せかけることも考えましたが、体力的に、出来そうもありません。窓から突き落とそうにも、ベッドに就《つ》いたままの相手が、窓際に寄ってくれる筈がありません。

二日ばかり考え続けた揚句《あげく》、私は、一つの方法を、思いついたのです。それは、兇器を隠すことです。私は、病室から出られないわけですから、兇器さえ発見されなければ、私を逮捕できないと考えたわけです。さて、どんな兇器を使ったらいいか。ナイフで、ぐさりとやるか。しかし、ナイフでは、返り血を浴びる心配もあるし、入院している私が、ナイフを手に入れるのは、楽じゃありません。隠すのも骨が折れる。手で絞め殺せば、一番簡単ですが、自分の指を切り取って、隠すわけにもいかない。

そこで考えたのが、縄で、絞め殺す方法です。奴の咽喉《のど》には、はっきり、縄の痕《あと》が、つくに違いない。そして、私の周囲から、縄が発見されなければ、完全犯罪になるじゃないか。私は、せっせと、奴を絞め殺す縄を、作り始めました。思い切り、派手《はで》な縄を作る積もりで、面会に来た彼女に、紅白の布切れを持って、来させました。それを、縫《よ》って、紅白だんだらの、縄を、私は、作りました。勿論《もちろん》、奴が、寝ている隙《すき》に、作ったのです。長さは三メートル以上、ありましたかね。派手な縄じゃ隠すのに、骨が折れるだろうと、おっしゃるのですか？　ところが、反対です。私は、隠しやすくするために、わざと、派手な柄《がら》の縄を作ったし、三メートル以上の長さにしたのです。

縄が、出来あがると、私は、早速、実行に移しました。もう一人の患者が、トイレに、行った隙に、あっさり、奴の首に、縄を、巻きつけたわけです。奴の身体が衰弱していたから、ころりと、あの世へ行っちまいましたよ。人間という奴は、簡単に、死ぬものですな。

勿論、大騒ぎになりました。警察は、飛び込んでくる。新聞記者も、入り込んでくるでね。私には、動機があるから、しつこく、警察から、訊問《じんもん》されました。しかし、肝心の縄が見つからない。私に、いくら、動機があっても、兇器である縄が発見されなければ、どうしようもない。警察は、必死になって、病室の中を探し廻りましたよ。私も、丸裸にされて、調べられました。おかげで、胃病で苦しんでいる上に、風邪《かぜ》まで、罹《か》らされちまいましたが、そんなことは、たいした苦痛じゃありません。まんまと、完全殺人に、成功したわけですからね。警察は、勿論、私が、二階から、縄を投げ棄《す》てたのではないかとも、考えました。下は、路地になっていますからね。しかし、そこにも、縄は、なかった。警察は、口惜しがっていましたが、兇器が発見されないんじゃ、どうしようもありません。縄を持っていない私が、縄で絞め殺すことは出来ない道理ですからね。

えッ？　縄を、元どおり、ばらばらの布片にして、ベッドの下にでも、隠したんだろうと、おっしゃるのですか？　残念ながら、違いますな。第一、そんなことをしている時間はありませんでしたよ。トイレに行った患者が、帰ってくるまでに、奴を殺して、縄を、隠さなければ、ならんのですからね。では、どんな方法を、取ったか、至極《しごく》簡単です。窓から、路地に投げ捨てたのです。しかし、警察が、路地を調べたとき、そこから縄は消えていた。共犯者がいたんだろうと、おっしゃるのですか？　成る程《なるほど》ね。しかし、違います。警察は、抜け目なく、私の知人関係を全部、洗い上げましたよ。その時刻に、路地を、うろついていた者は、ないかとね。ですから、共犯の線は、ハズレですな。では、どうして、路地から縄が消えてしまったのか？

答えは、簡単です。縄は、そこに、あったのです。しかし、警官の眼には、入らなかった。一種の心理的盲点に入っていたわけです。私は、毎日、子供たちが、路地で、遊ぶのを、知っていました。子供たちが路地に入ってくる。そこに、紅白のだんだら模様の美しい縄が落ちていたら、どうでしょうか。しかも、縄跳びをするのに、恰好《かっこう》な長さでもある。大人なら、そのまま通り過ぎてしまうでしょうが、子供は、そうはいかない。必ず拾い上げるに違いない。私は、それを狙《ねら》ったのです。案の定でしたね。子供たちは、早速、それで、縄跳びを始めましたよ。上では、殺人が行われたのに、下の路地では、殺人に使われた兇器で、子供が遊んでいる。映画にでもなりそうな光景でしたよ。警官も、子供たちを見たに、違いないのに、縄が、美しかったことと、子供が、それで遊んでいたために、子供たちが、持って来たものだと、錯覚してしまったのですよ。それで邪魔だからと、子供たちを、路地から追い払ってしまった。子供たちが消えると同時に、兇器も消えてしまったわけです。

その縄が、どうなったか、私は知りません。しかし、子供というものは、可愛いものです。拾った子供にとって、あの紅白の縄は、きっと、宝物だったに違いありません。その子も、もう大人になっている筈ですが、子供時代の玩具箱《おもちゃ》には、きっと、あの縄も、眠っているんじゃないですかね。兇器としてじゃなく、玩具として――」

3

二番目の男は、太っていた。傲慢《ごうまん》な表情で、一番目の男を、じろりと、睨んだ。

「私は、兇器を、重視するのは、反対ですね」

と、彼は、いった。

「失礼だが、今の方法は、感心できない。成功したのは、たまたま無能な警官に、ぶつかったという幸運にめぐりあったからだと思う。殺人で、一番重要なことは、昔から、決まっています。それは、アリバイです。完全なアリバイさえあれば、それこそ、完全殺人です。この考えに、反対の方はいないだろうと思う。問題は、アリバイの作り方です。例えば、時刻表を使った、機械的なアリバイ。あれは、感心しません。今は、電子計算機の時代ですからね。時刻表を、ひっくり返して、やっと考えついたアリバイ工作も、計算機に掛ければ、たちどころに、バレてしまう筈です。データは、全部揃《そろ》っているわけですからね。そのデータを、計算機に記憶させれば、ボタンを押すだけで、アリバイは、崩されてしまう。将来、家庭用電子計算機が、行き渡った際には、時刻表を使った探偵小説は姿を消すんじゃないかと思っておるくらいです。

話が、わき道にそれましたが、私の考えたアリバイを、紹介しましょう。私は、今、申し上げたとおり、機械的なアリバイは、好まない。電子計算機が怖いですからね。そこで考えたのが、心理的アリバイです。これなら電子計算機にかけても、バレる筈がありません。機械は、心理を、持っていませんからね。

十六年前、私は、妻を殺したいと、思っていた。傲慢で、不貞で、我慢がならない女だったのですよ。しかし、ただ別れたのでは、私は一文無しになってしまう。財産は、妻のものだったからです。何年も、妻を殺すことを考え、そして、アリバイに自信を得て、実行に、移したのです。宿怨《しゅくえん》という奴ですな。

ところで、どんなアリバイを、私は、考えたか。それは、もう一つの犯罪を犯すことです。一番、軽い犯罪は、何か。私は、六法全書を買って、研究してみました。軽いといっても、逮捕される必要はあるのです。そこで、見つけ出したのが窃盗《せっとう》です。これなら、初犯で、執行猶予になる可能性がある。人間は、同時に、二つの犯罪は出来ない。妻の死んだ時刻に、窃盗で逮捕されていれば、殺人罪は、まぬがれると、考えたわけです。一つの犯罪を誤魔化《ごまか》すために、わざわざ、他の犯罪を犯す人間が、いるだろうか。誰もが、そう考えるに違いない。私が狙ったのは、そこです。それは、警察には、縄張り根性という奴がある。それも、狙いの一つだったわけです。

ある日、私は、新聞に、探していた広告を見つけました。あるデパートで、明日十時から、新型カメラの、特別サービスセールをやるというのです。先着二百名様に限り、半額奉仕とも書いてありましたよ。かなり有名なカメラですから、当日の混乱ぶりも、予想できた。チャンスというわけです。

当日、私は、十時かっきりに、妻を殺した。胸を、一突きに、ぐさりです。それから、家の中を荒し、物盗《ものと》りの殺人らしく見せておいてから、私は、脱兎《だっと》の如《ごと》く、外に飛び出しましたよ。何処《どこ》へ行ったか。私の家と、デパートの丁度《ちょうど》、真ん中の地点へです。そこで、警官に、捕まる必要がありますからね。

警官に捕まるのは、簡単です。何気ない様子で歩いていて、警官の前まできたら、いきなり駈《か》け出せばいいのです。彼等は、条件反射みたいに、追いかけてきますよ。ご不審なら、一度、試してごらんになると、よろしい。さて、都合よく捕まった私は、ポケットから新型カメラを取り出して、デパートで、万引きして来たことを、涙ながらに、自供したわけです。勿論、期待どおり、連行されました。警察は、デパートに、問い合わせる。確かに、カメラの特売が、行われている。間違いなしということになって、私は、窃盗犯のレッテルを、べったり貼《は》られました。先ずは、成功だということです。

その日の夕方になって、私は、また、刑事の前へ、連れ出されました。来たなと思いましたよ。案の定、そこで、妻の殺されたことを聞かされました。勿論、私は、初めて聞くような顔をして見せましたよ。

いよいよ、警察のアリバイ調べです。妻の解剖結果は、死亡時刻十時ということになりました。ところが、私は、十時から始まるデパートで、カメラの万引きをやった。もし、万引きを認めれば、私のアリバイは、完全ということになる。警官は、私が、前もって、カメラを買っておいて、アリバイ工作に使ったと考えたが、駄目でしたね。何故なら、その日が、新型カメラの、最初の発売日だったからです。私が、あらかじめ、買っておくということは、できない相談ですからね。警察は、諦《あきら》めましたよ。つまり、私は、窃盗罪だけで、まんまと、殺人罪の方を、免《まぬが》れたわけです。

何ですか？　問題のカメラを、どうして、手に入れたかと、おっしゃるのですか。共犯を、成る程ね。誰かに、新型カメラを買わせ、そのカメラを、受け取ったというわけですか？　残念ながら、違います。もし、誰かに、買わせたのなら、なにも、窃盗罪などを、主張したりしませんよ。デパートで、買ったと主張しても、アリバイは、成立したわけですからね。本当に、私は、カメラを盗み出したんですよ。だから、窃盗罪を利用したんです。

しかし、盗み出す時間が、ないじゃないかと、おっしゃるのですね？　確かに、その日は、ありませんでしたが、前の日が、あるじゃありませんか。明日、特売の広告を見た日の夜、私は、イチかバチかで、デパートへ忍び込んだんです。そして、新型カメラを、一台だけ盗み出したのです。たった一台のカメラの盗難では、デパート側は、気がつかなかった。それが、私の狙いでもあったわけだし、まんまと、成功したわけですよ。私が、警察に自供したんで、周章《あわ》てて、個数を合わせてみた。そして、一台、盗まれていたのに気が付いたが、勿論、昨夜、盗まれたと、思う筈がありません。事件当日、万引きにあったと考える。当然の成り行きだ。私は、成功したということです。

デパートの警備？　案外、ルーズですな。素人《しろうと》の私がどうにか、こうにか、忍び込むとに成功したんですから。勿論、これは、十六年前の話ですが――」

4

三番目は、この部屋にいる、ただ一人の女性であった。年齢は、三十七、八歳だろうか。細面の、大人しそうな顔立ちだった。前の二人の男が、喋《しゃべ》っている間、時折、コーヒーに、口をつけていたが、指名されると、ちょっと顔を赧《あか》らめてから、立ち上がった。いかにも、しおらしい感じだが、これで、殺人を犯しているのだから、女というものは、魔物かも、知れない。

「只今《ただいま》の、お二人のお話を、面白く、お伺《うかが》い致しました。お聞きしていると、子供が、探偵ごっこでもしているような、無邪気な感じを受けました。いえ、皮肉を、申し上げているのじゃ、ございません」

女は、笑って見せた。充分、皮肉とわかる、いい方《かた》である。前の二人の男の顔が、ちょっと、赧くなった。

「私は、むしろ、羨《うらや》ましく、感じたくらいです。何故かと申しますと、私には、気持ちの余裕が、ありませんでしたから、十五年前の私は、必死な気持ちで、殺人ということを、考えていたからです。アリバイが、どうのとか、兇器を、隠せば、完全犯罪が成立するとか、そんな難しいことを考える、気持ちの余裕は、私には、ございませんでした。変な、いい方ですけど、私は、殺人に、私自身を賭《か》けていたので、ございます。それに、探偵小説などというものを、ほとんど、読んだことのなかった私には、密室とか、不在証明《アリバイ》とかいう犯罪用語さえ、耳新しいものだったのです。その私が、何故、恐ろしい殺人を犯しながら、今日まで、逮捕されずに、済んだかといえば、これも、おかしな、いい方ですけど、誠実に、行動したからだと、思っております。その経験から、申しますと、完全殺人に、成功する道は、兇器を隠すことでも、巧妙にアリバイ工作することでもないと、思うので、ございます。完全殺人への、一番の近道は、誠実さでございます。それと、辛抱《しんぼう》強さです。この二つさえ守れば、誰でも、完全殺人は、出来ると、私は、考えているのです。

それでは、私の貧しい経験を、お話しすることに致します。十五年前、いえ、正確にいえば、それより更に、五年前の、二十年前に、私は、夫を、殺したいと、考え始めたのです。何故、私が、夫を殺したいと、考えたか、十九歳の私が、どうして、そんな恐ろしい考えに、取りつかれたか、どう説明しても、完全には、理解して頂けないだろうと、思います。夫には、これといった、欠点は、ございませんでした。むしろ、大人しい、物静かな性格です。酒も飲まず、女遊びも致しませんでした。それが、私には、どうにも、我慢がならなかったのです。まるで、ぬるま湯に入っているような味気ない生活、これが、少女時代に夢見ていた、結婚生活なのだろうか。私は、腹が立ち、夫に対して、憎しみを感じ始めたのです。私は、離婚を考えました。しかし、結婚して、わずか半年、誰一人として、離婚に、賛成してくれないのです。それどころか、私を、非難する人ばかりでした。私が、我儘《わがまま》だというのです。私は悪人で、夫は、善人なのです。その善人の夫は、離婚を承知しませんでした。夫に、いわせれば、私は、まだ何もわからない子供だというわけです。自分の愛情で、妻を、温《あたた》かく見守ってやる。そのうちに、大人になれば、詰まらない気持ちは、消えてしまうというのです。何という傲慢さでしょうか。私の、夫に対する憎しみは、一層、強く、深いものになりました。夫が、許すというたびに、愛情の押し売りをされるたびに、憎しみは、倍加されていくのです。

しかし、離婚は、できないとなれば、夫を殺すより仕方がありません。それに、私の心の中では、こんな男は、殺しても、かまわないのだという気持ちが、高まっていったのです。夫を殺さなければ、私が、生ぬるい空気の中で、窒息してしまうに、決まっていると、思ったのです。

私は、夫を殺さなければ、ならない。二十年前、私は、それを、心に誓ったのです。でも、私が、殺したら、嫌疑は、すぐ、私に、ふりかかってくるに、決まっています。動機は充分です。私は、夫と、離婚することを考えていた。夫を憎んでいた。逃げようがありません。上手く、夫を殺し得ても、自分が逮捕され、刑務所へ送られてしまったのでは、夫と、心中したのと同じことです。そんなことは、私には、我慢できませんでした。夫だけが、死ねば、いいのです。

私は、考えました。どうしたら、夫を殺して、自分は疑われずに、すむだろうかと。私には、アリバイとか、兇器の隠匿《いんとく》といった、難しいことは、わかりません。それに、上手くいけば、よろしいですが、失敗したら、それっきりです。もっと、安全で、確実な方法は、ないかと、一生懸命に考えたのです。最初に考えたことは、せっかちにやったのでは、必ず失敗するということです。夫に女が出来たのを知って、カッとなって殺したなどという記事を見ると、私は、その女の性急さと、浅はかさに、腹が立ちました。そんなことをすれば、捕まるに、決まっているではありませんか。浅はかとしか、いいようがありません。

私は、時間をかけて、ゆっくり、殺さなければならないと、考えました。一ヶ月かけて、殺したら、警察は、すぐ、私に、疑惑の眼を向けるでしょう。しかし、一年なら、その疑惑の度合は、多少、薄くなるはずです。二年なら、どうでしょう。二年間も憎み続けることが、出来るだろうかという、微《かす》かな疑問が、誰にも、湧《わ》くはずです。三年なら、その疑問は、もっと強くなる。そして、それに反比例して、私に対する疑惑は、薄くなる筈です。

私は、五年という歳月を、夫を殺すために費《つい》やすことを、決心したのです。五年間、かかって、ゆっくり、夫を殺す。五年間。六十ヶ月。日数にすれば千八百二十五日です。この長さが、私に対する疑惑を、薄めてくれるに違いないと、私は、確信したのです。

私は、その決心した日から、がらりと、生活態度を、変えました。夫を愛しているポーズを取ることを、決意したのです。五年間、芝居し続けることを、決めたのです。今から考えれば、よく、五年間、辛抱し続けたものだと思います。巳歳《みどし》だから、粘れたのかもしれませんね。最初は、自分でも、ぎこちないとは思いましたが、一年目が終わった頃には、芝居も、ごく自然にやれるようになりました。夫は、すっかり、私を信用するし、周囲の人達は、私を見直し、三年目くらいになると、仲の良い夫婦という、折紙が、私達に、ついたのです。

私は、ほくそ笑みました。これこそ、私が狙っていた状態だったからです。もう、夫が死んでも、疑う者は、ない。あんなに仲の良い夫婦が、そんな恐ろしい事件を、起こすはずがないと、誰もが、証言してくれる。私が、狙っていたのは、その空気だったのです。

五年目に、夫は、死にました。死因は、衰弱死ということになりました。誰一人、夫を殺したのが、私だと、疑う者は、いませんでした。私は、五年間、ほんの僅《わず》かずつ夫に、砒素《ひそ》を、飲ませ続けたのです。五年間ですよ。解剖しても、わからないくらいの、ごく僅かな量を、五年間に、伸ばして、飲まし続けたのです。

医者も、気づきませんでした。警察も、動機を発見できずに、あっさりと、病死を認めました。警察が、動機を調べるといっても、せいぜい、二、三年前まで、さかのぼって、調べるだけです。五年も前に、動機が、かくれていることに気づくほど、辛抱強い警官はいません。

こうして、私は、皆さんのいわれる完全殺人に成功したのです。私が成功した理由は、辛抱強さです。何事も、それを成功させるためには、辛抱強い努力が必要です。殺人のような大仕事には、殊《こと》に、それが必要だと、思うのですよ。これが、私の、五年間にわたる殺人計画から得た結論なんですけれど――」

5

四番目の男は、唇が薄かった。それが、酷薄《こくはく》な心の持ち主らしく見せていた。彼は、三人の男女が、かわるがわる、立ち上がって、自分の経験を喋っている間、その薄い唇を、ねじ曲げるようにして、冷笑を浮かべていた。

眼も、細かった。それが、いかにも、自負心の強い性格を、物語っているように見えた。

彼は、指名されて、ゆっくり立ち上がると、演壇に上った弁士のように、先ず、小さな咳払《せきばら》いを一つしてから、側に置かれたコーヒーを、ゆっくり、飲み干した。三番目に喋った女が、くすッと、小さな笑い声を立てたのは、彼の態度が、余りにも、気取っているように、見えたからに違いない。

「私は、聞いていて、涙が、こぼれました」

彼は、ゆっくりした口調で、いった。

「勿論、その話に、感動したり、感嘆したりしたからではありません。逆です。情《なさ》けなくて、涙が出そうに、なったのです。よく、自慢たらたら、自分の経験を、喋れたものだと思う。先ず、第一番目の男性。あなたの話は、余りにも、子供っぽい。発想が、幼稚だ。私が、刑事だったら、あなたは、十五年前に逮捕され、今頃は、刑務所に、いるに、決まっている。二番目のアリバイ工作も、私の眼から見れば、危なっかしい極みと、いわなければならない。成功したのは、あなたの考えが秀れていたせいではなく、偶然が、あなたに味方しただけのことに過ぎない。前夜に、デパートに忍び込むなどというのは、下手糞《へたくそ》な、アルセーヌ・ルパンの真似で、聞いていて、失笑を禁じ得なかった。笑いを、堪《こら》えるのに、骨が折れましたよ。更に、三番目に発言された女性。これも、落第だ。私は、女性の悪口は、余り、いわないことにしているが、今日だけは、いわざるを得ない。あなたは、五年間、辛抱されたことを、自慢しておられるようだが、私にいわせれば、その長さは、あなたの、聡明《そうめい》さの証拠ではなくて、頭の悪さの証拠だと、私は、思う。

さて、私の話になるのですが、その前に、完全犯罪、あるいは、完全殺人とは、いかなるものか、それから、考えてみたい。スキマだらけだが、偶然、警察に疑われずに、十五年過ぎたというのを、果たして、完全殺人と、呼べるかどうか、私は、非常に、疑問に、思っているのです。完全殺人とは、もっと、完璧《かんぺき》なものでなければならない。私は、そう信じているのです。

この考えからすれば、アリバイ工作、これは、除外されなければ、ならない。何故なら完全なアリバイというものは、あり得ないからです。忍術でも使えるのでない限り、二ヶ所に、同時に、存在するということは、不可能なことですからね。従って、アリバイ工作によって成立した殺人は、どれほど、上手《じょうず》に仕組まれていたとしても、それを、完全殺人と、呼ぶことは、できないのです。

また、兇器を隠すやり方、これも、完全とはいえない。いかに巧妙に隠したとしても、それは、消滅したことではありませんからね。発見される可能性は、必ず残っている。その可能性がある限り、完全殺人の名に値《あたい》しないと、私は、思うのです。

では、何が、完全殺人か。それは、偶然に頼るのではなくて、絶対に、逮捕されることがないという殺人方法でなければならないと、私は思っている。アリバイも、必要はないし、兇器を、苦労して隠す必要もない。完全殺人という以上は、これでなければ、いけないと、思うのです。

では、前置きは、このくらいにして、私自身の話をしましょうか。十六年前、私は、二十五歳だった。野心は、あったが、金がなかった。よくある、欲求不満型の青年の一人だったわけです。ところが、当時、私の居候《いそうろう》していた叔父《おじ》の家には、五百万ぐらいの金があった。この叔父というのが、六十過ぎの老人で、ひとり娘は、既に結婚して、名古屋にいるのです。妻には、十年前に、先立たれている。

どうみても、もう、この世に、思い残すことなどない筈なのに、元気に、生き続けているのです。死んでくれれば、私にも、遺産の一部は、入ることになっているのに、なかなか、死んでくれない。あと、五、六年は、生き続けるような気がするのです。それまでに、私は、三十歳を過ぎてしまう。私には待てそうもない。だから、私は、叔父を殺すことを考えたというわけです。

しかし、殺しても、自分が逮捕されたのでは、折角、手に入った遺産を、使うこともできない。それでは、殺した意味が、なくなるというものです。それに、名古屋にいる、ひとり娘に行くであろう遺産も、出来るなら、手に入れたい。

だから、私は、考えました。

私は、前に、いったように、兇器を隠すことも、アリバイ工作も、最初から考えなかった。そんなものは、完全殺人ではないからです。では、どうすればいいか。自分が、手を加えずに、殺してしまえば、いいのです。殺し屋に頼む？　とんでもない。そんなことをすれば、あとあとまで、金を、しぼり取られてしまう。方法は、一つです。

相手を、自殺させてしまうのです。

人間は、どんなに強そうに見える者でも、必ず、何処《どこ》かに、弱点を、持っているものです。言葉を代えれば、誰もが、自殺の可能性を、持っているということです。その可能性を、引金とすれば、相手を自殺させるには、その引金を、そっと引っ張ってやれば、いいわけです。そうすれば、あとは、ひとりで、死んで行く筈です。

叔父の弱点は、一体、何だろうか？　私は、先ず、それを調べました。ひとりぼっちの（私が、いるにはいますが）叔父の楽しみは、庭に出て、盆栽《ぼんさい》の手入れをすることと、名古屋に嫁いでいる、ひとり娘のことです。ワシは、初孫が、生まれるまでは、生きているつもりだというのが、叔父の口癖《くちぐせ》だったのです。この二つの楽しみを、奪い取ってしまったら、叔父は、がっくりするに違いない。

つまり、引金を引くわけです。そうなれば、叔父は、自殺するに違いない。私は、そう考えました。

私は、早速、実行に、取りかかりました。叔父は、盆栽も好きですが、庭に植えてある樹の手入れも、自分でします。

そこで、私は、叔父が上る、小さな梯子《はしご》に細工をしたのです。勿論、殺すのが、目的じゃありません。怪我《けが》をさせればいいのです。案の定、叔父は、梯子から落ちて、片足を、折ってしまいました。私の、第一歩は、成功したのです。

叔父は、歩き廻《まわ》れなくなりました。庭を歩き廻る楽しみは、消えたのです。盆栽の手入れは、椅子から、離れなくても出来ますが、それでも、制限されます。第二段階は、薬品を使って、盆栽を、少しずつ、枯らしていくことです。叔父は、自分の手入れが、行き届かなくなったせいに違いないと、考えたようでした。第二段階も、成功したのです。

次に、私は、なるたけ、陰気な話を、叔父に、聞かせるようにしたのです。どこそこの老人は、身寄りを交通事故で失ったのを、はかなんで、自殺したなどという話を、繰り返し、聞かせるようにしました。足を骨折して、部屋から出られない叔父は、気分の晴らしようがありません。だんだん、暗い表情になっていくのが、はっきりわかりました。そして、私は、最後の仕上げに、取りかかったのです。

私は、飛行機で、名古屋に飛び、そこから叔父あての電報を打ちました。そして、その日のうちに、飛行機で、東京へ帰りました。勿論、叔父に、名古屋へ行くなどとは、いいません。ちょっと、外出してくるといっただけです。夜中近くに、電報が届きました。わざと、その時刻に、届くように、狙って、打ったのです。文面は、「文子《フミコ》死ス」です。文子というのは、ひとり娘の名前ですよ。その電報を見せたときの、叔父の顔は、見ものでしたね。

叔父は、信じられないという顔をしていましたが、足が骨折しているのでは、名古屋まで、出かけて行って、確かめるわけにも行きません。私に行ってこいと、いう。これも、私の推測どおりでした。勿論、私は、名古屋へ行きましたよ。そして、生きている文子に会いました。この頃、叔父は、気力が、衰《おとろ》えて来たと、自殺の可能性を、それとなく、匂《にお》わせておいたのです。

私は、東京に帰ると、もっともらしい顔で、通夜《つや》の様子を話し、死ぬ間際まで、『お父さん』と、呼び続けていたそうですなどと、叔父の感傷を誘うような文句を並べたのです。叔父は、頷《うなず》いて聞いていましたが、影が薄くなったのを感じました。これなら、大丈夫だと、思いましたよ。

叔父が自殺したのは、二日後です。遺書も書き変えてありました。死んでしまった娘に、遺産をやっても、仕方がないと、思ったんでしょうな。私の分が、多くなっていました。勿論、私は、何の疑いも、受けません。自殺は、確かだし、偽電報は、抜かりなく、燃やして、しまいましたからね。自殺の理由は、厭世《えんせい》からと、新聞がかってに、つけてくれましたよ。かくて、完全殺人に、成功したというわけです」

6

最後の男が、席に着くと、四人の眼は、一様に、主人役の男に向けられた。男に、というより、彼の前に置かれている、二百万円の札束に、といった方が、正確かも知れない。

どの顔も、自信満々で、自分こそ、二百万円が、ふさわしいのだというような、表情をしていた。

主人役の男は、ゆっくりと、煙草に、火を点《つ》けた。四人の、焦燥《しょうそう》にかられたような顔と、その男の冷静な表情とは、ひどく対照的だった。男は、何かを、待っているようだった。

やがて、男が、何を待っていたのか、わかるときが、来た。ふいに、三番目の女が、「あッ」と、強い呻《うめ》き声を上げて、椅子から、伸び上がると、そのまま、薄汚れた床に、転げ落ちたのである。女の身体は、そのまま、動かなくなった。

「どうやら、効《き》いて来たようだ」

と、主人役の男は、ひとり言のように、いった。

「あなた方の飲んだコーヒーに、速効性の毒物を入れておいたのです」

彼は、冷静な口調で、いった。三人の男は、顔色を変えて、立ち上がったが、一番目の男は、急に、苦痛の呻き声を立てて、床に倒れてしまった。二番目の男が、それに、続いた。四番目の男だけが、脂汗を、たらしながら、辛《かろ》うじて、立っていた。

「一体、これは、何の真似だ?」

四番目の男が、喘《あえ》ぎながら、怒鳴った。主人役の男は、にやッと、笑った。

「完全殺人ですよ」

「なに?」

「私は、二十年前、妻を殺した。自分では、完全殺人の積もりだったが、あっさり、逮捕され、有罪の宣告を、受けてしまった。それから、二十年、私は、罪の意識より、失敗したことの敗北感に、苦しめられ続けたのです。そして、刑務所を出て、あなたたちのことを、知った。自分の出来なかった完全殺人を、やり遂げた人間がいる。しかも、四人もだ。私は、あなた達に、嫉妬《しっと》を感じた。憎悪を感じた。だから、ここに、呼んだ」

「何故、殺すんだ?」

「今、いったように、憎悪でね。今、あなたたちの話を聞いて、その頭の悪さに驚いた。こんな馬鹿者に、完全殺人が出来て、頭脳の秀れた私に、それが、出来なかったことが、我慢できないのだ。この敗北感を癒《い》やす道は、一つしかない。あなた達を、犠牲《いけにえ》にして、完全殺人を、完成させることだ。そして、私はそれに成功した。警官は、何日か後に、あなた達四人の死体を発見するだろう。しかし、あなた達と、私を、結びつけるものは、何もない」

「畜生」

「君も、間もなく死ぬ。その前に、一つだけ、いってあげよう。完全殺人のために、一番大事なことは、動機だ。動機を隠すことだ。四人が死んでも、私は、捕まらない。何故なら、警察には、絶対に、動機が、わからないからだよ」

「――――」

四番目の男は、何かいったようだったが、それは、声にならなかった。顔が苦痛に歪《ゆが》み、鈍い音を立てて、床に、倒れた。

主人役の男は、二百万の札束を、鞄にしまい、煙草の吸殻《すいがら》を、ポケットに、放り込むと、ゆっくり、椅子から立ち上がった。

殺しのゲーム

1

「岡田《おかだ》さんですね？」

と、その男はいった。

「岡田正男《まさお》さんですね？」

青白い顔の瘦《や》せた中年の男だった。もちろん岡田の知らない男だった。病院の帰りにいきなり声をかけられたのだが、どう首をひねっても、見覚えがない。

「ええ」

と、うなずいただけで黙っていると、相手の男は、ポケットから名刺を取り出した。肩書きのない名刺に、〈鈴木正助《すずきしようすけ》〉とあった。

「お茶でものみながら、貴方《あなた》とお話ししたいことがあるんですが、いかがですか？」

「あいにくですが、今は、そんな気になれそうもありません」

「わかっていますよ」

「わかるって、何がですか？」

「つまり、そんな気になれないとおっしゃる理由がです」

「何のことですか？」

「私は、貴方のことを、何もかも存じているのです。貴方が胃ガンで、あと一年の命だということですよ」

「――――」

岡田は、ぎょっとして、相手の顔を見直した。鈴木正助という男の指摘は事実だった。医者は、ガンとはいわないが、態度でわかっていた。それも、もう手術で治る段階ではなくなっていることも、岡田にはわかっていた。毎日病院に通い、甘い錠剤を貰《もら》ってはのんでいるのだが、恐らく、この薬は、患者への気やすめに医者がくれているに違いなかった。もし、医者がいうような単なる胃カイヨウなら、こんなに激しい痩せ方をするはずがないと、岡田は思っている。半年前には七〇キロを越えていたのに、今は、五二キロしかないのだ。

「いかがですか？」

と、鈴木正助は、岡田の顔をのぞき込むようにした。

「いま、貴方は死への恐怖に怯《おび》えていらっしゃるはずだ。その恐怖を忘れさせて差しあげたいと思っているのですよ。それでも、お茶をつき合う気にはなりませんか？」

2

二人は、近くの喫茶店に入った。岡田は、レモンティを注文しただけで黙っていた。相手の素性がわからなくて、薄気味が悪かったからである。だが、同時に、得体の知れない相手に興味もあった。死への恐怖に怯えているのも事実だったし、それをどうしたら忘れられるかと毎日悩み続けていることも事実だったからである。

鈴木正助は、煙草《たばこ》を口にくわえてから、にやっと笑った。

「実は、煙草はのんじゃいけないんですがね」

と、いった。

「死期を早めるのはわかってるんですが、止められない」

「死期を早める？　というと――」

「そうです。私もガンなのですよ。胃ガンじゃなく、肺ガンです、おそらく、貴方より早く死ぬことになるでしょうね」

鈴木正助は小さく咳込《せきこ》んだ。レモンティが運ばれてきたが、岡田は、相手の意外な告白に驚いて、手をつけるのを忘れてしまった。

「だから――」と、鈴木正助はいった。

「だから、貴方が今、どんな精神状態にいるかよくわかるのです。死への恐怖、絶望感、自暴自棄、そのうえ、奥さんを前に亡くされていることでの孤独感――」

「――」

「私も、同じ気持ちを味わいました。というより、今でも同じ気持ちだといった方がいいでしょう。一日、いや一瞬でも死を忘れたいと思うのに、忘れることができないのです。酒をのんでも、醒《さ》めたときには恐怖が倍加するのです」

「そのとおりですよ」

思わず、岡田もうなずいた。毎日がまるで、死刑を宣告された死刑囚のように、死の恐怖に怯え続けている。まだ死刑囚の方がましだとも思う。罪の報《むく》いということで、死が納得できるからだ。

「しかし、死の恐怖を忘れることが、ほんとうに出来るんですか？」

岡田は、疑わしげに、相手を見た。鈴木正助自身、今でも貴方と同じだといったはずではないか。

「ひとりでは無理です」

と、鈴木正助はいった。

「だから、私は自分と同じ境遇の人間を探していたのです。そして、あの病院で、医者と看護婦が貴方のことを話しているのを聞いたのですよ」

「それで、同じ死に怯える者同士で慰《なぐさ》め合うというわけですか？」

「慰め合う？」

鈴木正助は、口元に皮肉な笑いを浮かべて、岡田を見返した。

「そんな子供欺《だま》しみたいな手段で、死の恐怖が忘れられますか？」

「いや」

「そうでしょう」

「じゃあ、どうするんです？」

「死を手玉に取ってやるのですよ。二人で」

「手玉に？」

意味がわからず、岡田がきき返すと、鈴木正助は、「そうです」と、大きくうなずいて見せた。

「死というやつは、忘れようとすればするほど、意識してしまうものです。だから逆手《さかて》に出てやるのですよ。われわれの特権を利用して、死を遊びの道具にしてやるのです」

「意味がよくわかりませんが？」

「二人で、殺しのゲームを始めるのですよ」

3

鈴木正助は、二本目の煙草に火をつけた。

「私は、一生懸命になって、貴方を殺すことを計画し、実行する。貴方も、私を殺すことを考えて実行するのです。これはおもしろいですよ。いつ殺されるかわからないから絶えざる緊張に身を置くことになる。そうなれば、ガンのことも忘れられるし、死をゲーム化することで、死の恐怖を忘れられる。違いますか？」

「ばかばかしい」

「どこがばかばかしいのですか？」

「人を殺せば、警察に逮捕されますよ」

「それが何だというのです？」

鈴木正助は、にやりとした。

「私が、われわれの特権といったのをお忘れですか？　普通の人が、推理小説を楽しみながら、実際には殺人を犯さないのは、刑罰が怖《こわ》いからです。ところが、私と貴方は、刑罰を怖がる必要は全くないのです。殺人を犯したということで逮捕され、死刑の宣告を受けたところで、実際に刑を執行されるまでには一年以上かかるものです。ところが私にしろ貴方にしろ、それまで生きてはいないのです。だから、逮捕されることを怖がる必要は微《み》塵《じん》もないのですよ。特権の意味がこれでおわかりのはずです」

「しかし――」

「貯金はお持ちですか？」

「ええ。百万ほど」

「私もそのくらい持っています。そのお金を、殺人ゲームの賞金にするのです。うまく相手を殺せた方が、相手の百万円を手に入れられるようにしておくのです。二百万あれば相当おもしろい遊びができますよ。遊びきって死ねば、それほど悔《く》いは残らずにすむと思うんですがね」

「貴方は、死を茶化《ちゃか》そうというんですか？」

「とんでもない」

鈴木正助は、大きく首を横にふって見せた。

「われわれに、死を茶化す余裕のないことは、わかっているじゃありませんか。ただ、毎日まいにち、近づいてくる死に怯えているのを止めようと提案しているだけです。その方法は一つしかありません。私がいってるように、われわれを怯えさせている死神をからかってやるのです。死をからかうんじゃなく、死神をからかってやるんです。われわれの特権を利用してね」

「そんなことは、私にはできない」

「何故《なぜ》です？」

「何故といって、人を殺すなんてことは道徳的に見たって――」

「それは、死にたくない相手を殺す場合のことでしょう。しかし、私は、貴方に殺されてもかまわんといっているのですよ。私にしろ貴方にしろ、もうすぐ死ぬのです。それも、おそらく、最後のころは苦しみにのたうちながらね。だから、お互いに、巧妙に相手の命を絶ってやることは、われわれの場合には一種の安楽死を与えることになるのです。慈悲の殺人とでも呼ぶべき行為なのです。しかも、生き残った方は、二百万円のお金で、残された一年間を充分に楽しく遊ぶことができるのです。それに、さっきも申し上げたように、お互いの殺人を考えることで、毎日まいにちの死の恐怖を忘れることも可能なのです。確かに、第三者から見れば、この行為はハレンチで不道徳に映《うつ》るに違いありません。しかし、彼らは、われわれとは別の世界に住む人間なのです。死を考えないでいられる彼らに、われわれを裁くことはできないし、今の道徳というのは、われわれ死刑囚みたいな者には通用しない、幸福な人間たちのものです。それに拘束される必要がどこにあるんですかネ」

「しかし——」

岡田は、だんだんわけがわからなくなってきた。確かに幸福な人たちには、岡田たちの苦悩や恐怖はわからないだろう。

わかったような顔をしても、ほんとうにわかってはいないのだ。そのことで、無性に腹の立つことがある。日本中の人間が、一人残らずガンになって、自分と同じようにあと一年の命になればいいと思うことがある。だが、だからといって、鈴木正助の提案はあまりにもとっぴ過ぎる。

「しかし、そんなことは私には出来ませんよ」

と、岡田はいった。

4

家に帰ってからも、岡田は、鈴木正助の言葉が耳について離れなかった。おかげで、死に対する怯えは忘れることが出来たが、鈴木正助が、本気であんな提案をしたのかどうかわからなくなった。ひょっとすると、あの男はガンなんかじゃなく、岡田をからかって楽しんだのかもしれない。世の中には、不幸な人間に同情する者も多いが、中には、からかったり痛めつけたりして、サディスティックな喜びにふける奴もいるのだ。

岡田が、そこまで考えたとき、玄関の方で、ふいに「ガチャン」という大きな音がした。殺人ゲームなどというとっぴなことを考えていたときだけに、岡田はぎょっとして腰を浮かしてしまった。

玄関に出て見ると、ガラスが一枚、みじんに砕《くだ》けている。そして、たたきに大きな石ころが落ちているところをみると、誰かがそれをぶつけたとしか考えられなかった。あわてて、外に出たが、人の姿はなかった。

居間に戻ったとき、電話が鳴った。取り上げると、鈴木正助の声が聞こえた。

「どきっとしたでしょう？」

と、鈴木正助は、いきなりいった。

「貴方のびっくりした顔が見えるようですよ」

「石を投げてガラスを割ったのは貴方ですか？」

「そうです」

「何故あんなことをするんです」

「何故？　私は、私の提案を実行に移しただけのことですよ。今のは、ちょっとした警告のつもりです」

「しかし、私は、いやだといったはずだ」

「貴方がたとえいやでも、私は実行しますよ。だから、貴方の取れる行動は、私の提案した殺人ゲームに参加するだけです。そうしなければ、貴方は私に黙って殺されてしまうことになる」

「警察にいうぞ」

「どうぞ。しかし、おそらく警察は貴方の話を信じないと思いますね。何故なら、警官というのは人一倍健康で、われわれ死刑囚のような人間の気持ちなど理解できっこないんですからね。それに、よく考えてごらんなさい。ガラスが割れたとき、貴方はぎょっとした。その時、貴方は、あの死の怯えを忘れたはずです。死の怯えから解放されたはずです。殺人ゲームに積極的に参加すれば、絶えざる緊張のおかげで、ずっと、あのいやな死の怯えから解放されるのですよ」

「しかし、私は――」

そんなことは出来ないといいかけたとき、鈴木正助は勝手に電話を切ってしまった。

それから二日目の朝のことだった。

岡田は、胃ガンと知ってから、ヨーグルトをとっている。もちろん、そんなものをとったところで、胃ガンが治るものでないことは、彼自身にもわかっているのだが、気やすめにでも、そんなものが必要だったのだ。

いつものように、何気なく匙《さじ》ですくって喉《のど》に流し込んでから、猛烈な塩辛さに、ゲッと吐き出してしまった。あわてて水でウガイをしたが、塩辛さはなかなか消えなかった。昼ごろに、また鈴木正助から電話が掛かってきた。

「ヨーグルトの味はいかがでした？」

「あれも貴方の仕業《しわざ》なのか？」

「もちろんそうですよ。貴方に申し上げたはずです。私はゲームを始めるとね。今度はヨーグルトの中に青酸カリを入れておくかもしれませんよ。だから、明日からは気をつけることですね。それから、ガスにも注意した方がいいですよ。貴方が寝ているときに、忍び込んで、ガス栓をあけておくというのもなかなか楽しいものですからね。私は、貴方を絶えざる緊張の中に置いてあげるのです。貴方は、それで、いつも死の怯えから解放されるわけです。貴方の方もそのお返しをしていただきたいですね。私を殺すことを考えてくれなきゃ困ります」

「そんなことは私には出来ない」

「なに出来ますよ。人を殺すことを考えるというのは、なかなか楽しいものですよ」

「貴方は狂人だ」

「いや、私は死刑囚なだけです。貴方もね。それから近日中に鍵《かぎ》を送ります」

「鍵？」

「N銀行の貸金庫の鍵です。貴方が私をうまく殺したら、その貸金庫をあけなさい。百万円が入っていますから、それは貴方のものになるのです。貴方も同じ手続きを取っていただきたいですね」

「そんなことはしたくない」

電話はまた切れてしまった。

5

三日して、鍵が送られてきた。鈴木正助という男は本気なのだ。そう思うと、岡田は空恐ろしくなって警察に行った。応対に出たのは、いかにも健康そうな若い警官だった。

「私は殺されそうなんです」

と、岡田はいった。警官は驚いた顔で、

「理由は？」

「私が、胃ガンであと一年の命しかないからです」

「どうもわかりませんねえ」若い警官は、首をひねり、奇妙な動物でも見るような顔つきになった。

「一年たてば死ぬとわかっている貴方を、何故殺そうとするんです？」

「向こうも、ガンで一年の命しかないからですよ」

「ますますわかりませんねえ」

わからないのが当然だった。こちらは死刑を宣告された人間なのに、向こうは生を楽しんでいる人間なのだ。岡田が詳しく説明すればするほど、若い警官は首をかしげてしまい、しまいには、岡田が狂人ではあるまいかという眼つきになった。

岡田が、あきらめて家に帰ると、玄関のところに、鈴木正助が立っていた。いよいよ殺しに来たのかと、岡田が身構えて睨《にら》みつけると、鈴木正助は、妙に明るい顔で、にこにこ笑いながらいった。

「今日はお詫《わ》びに来たのですよ」

「お詫び？」

「そうです。あんなつまらないことをどうして考えたのか自分でもわからんのですよ。だからお詫びに上がったんです。とにかく上がらして下さいな」

鈴木正助は、どんどん座敷に上がり込んできた。岡田には、何がどうなっているのかわからず、とまどいながら、

「いったいどうしたんです?」

「実は今日、念のためにもう一度専門医に診《み》てもらったら驚くじゃありませんか、誤診だったんですよ。肺ガンじゃなかったんですよ。私は健康なんですよ。死ぬことなんかないんです」

「――――」

「楽しくて楽しくて仕方がないんですよ。貴方と違って、もう死の影に怯えなくてすむんですからねえ」

「私と違って?」

岡田の表情がこわばった。が、鈴木正助は、嬉《うれ》しさのあまりそれに気づかないのか、満面の笑いを消そうとしなかった。

「そうなんですよ。私はもう普通の人間なんですよ。ところで何処《どこ》です?」

「何が?」

「私の送った鍵ですよ。あれを返してもらえませんか。あのお金で車を買うことに決めた

んです。これからは、死ぬことを心配しなくてすむんだから、大いに人生を楽しむつもりですよ。何処にあるんですか？　机の引出しですか？　早く返してくれませんか？　貴方は、お金なんかあったって仕方がないでしょう」

「――――」

岡田の心の中に、ふいに激しい憎しみが湧《わ》き上がってきた。貴方はお金なんかあったって仕方がないでしょうだと。岡田は、近くにあった果物ナイフを手につかんだ。

鈴木正助の眼が、ナイフに走った。

「何をするつもりです？」

「貴方を殺したら楽しいだろうなと考えているだけさ」

と、岡田はいった。

「死刑を怖がらずに人を殺せるのは私だけなんだ。貴方が教えてくれたんだよ。それに、貴方を殺せば、百万円手に入る。それで、貴方に教えられたとおり、悔いのないように遊ぶつもりさ」

岡田は、相手の恐怖を楽しむように、ゆっくりと近づきナイフを突き刺した。血が飛び散った。

岡田の顔に、突然、当惑の色が浮かんだ。刺されて倒れた鈴木正助が、にやりと笑ったからだ。

「どうです」鈴木正助は、かすれた声でいった。

「あなたにも人が殺せるじゃありませんか」

アリバイ引受けます

1

「私に会いたいって？」

田沢仲吉《たざわしんきち》は、不機嫌な表情で、訊《き》き返した。人に会って、話を聞く気になれそうもない日だった。彼の心には、暗く重いしこりが、残滓《ざんし》となって残り、醱酵《はっこう》しかけている。その気持ちが、上手《うま》く整理出来るまでは、誰にも会いたくない。

「はい」

若い女中は、主人の不機嫌さに、怯《おび》えたような眼の色になって、名刺を差し出した。

〈小田桐《おだぎり》　毅《つよし》〉

安物の名刺には、その名前が刷り込んであった。仰々《ぎょうぎょう》しい名前だが、田沢の記憶にはない名前だった。

「私の客じゃないらしい。京子《きょうこ》の客だろう。奥様は旅行中だといいなさい」

田沢は、固い声で、女中にいいつけた。また、苦痛が、ぶり返して来たような気がした。妻は、確かに旅行中だった。しかし、旅行の相手が、彼女のいうように、女学校時代の友人でないことは、田沢にはわかっていた。黒木晴彦《くろきはるひこ》という、若くて、美貌《びぼう》の青年であることは、間違いなかった。色の生《なま》っちろい、指の細い、ジャズ・ピアニストだ。

女中が、金魚みたいな顔をして、戻って来た。

「やっぱり、旦那《だんな》様に、ご用だそうです。奥様のことで――」

「京子のことで?」

田沢は眉《まゆ》をしかめた。しばらく考えてから、応接間に通して置くようにいった。彼の顔は、前より一層、不機嫌になっていた。小田桐毅という男が、恐喝《きょうかつ》に来たのかも知れないと思ったからである。妻の不貞を世間に、バラすといって、夫を恐喝する。よくある手だ。田沢には、一応、社会的地位がある。商事会社の外事部長という地位は、世間の信用が大切だ。身持ちの悪い妻を持っていることが、世間に知れたら、信用に傷がつく。男は、その弱味を狙《ねら》って来たのではあるまいか。

とにかく、小田桐という男が、妻のことを、どの程度、知っているか、それを確かめてからのことだと思った。場合によっては、多少の金は、摑《つか》ませてやってもいい。

小田桐毅は、四十歳ぐらいに見えた。細面《ほそおもて》の、色白な男で、恐喝をするような人間には見えなかった。

う。街中《まちなか》で顔を合わせたら、あまりうだつの上らない、サラリーマンにしか見えなかったろう。田沢は、ちょっと、拍子抜けした感じだった。彼は、何となく、土建屋の親方のような男を想像していたのである。

「ご用件を伺いましょうか?」

田沢は、切口上でいった。

「奥様のことで、伺ったのです」

男の声は、低く丁重《ていちょう》だった。口元には、微笑が浮かんでいた。セールスマンのような笑顔だった。近頃《ちかごろ》では、恐喝も、笑顔でするようになったのだろうか。

「具体的にいって欲しいですね。妻のどんなことですか?」

「貴方《あなた》は、今、奥様のことで、非常に、悩んでおられる筈《はず》です。私は、その悩みを解決して差し上げるために、参上したのです」

相変わらず、セールスマン口調だった。まるで、ニキビの悩みよサヨウナラというコマーシャルを聞いているようだった。田沢は、次第に、腹が立って来た。こんな男に、俺の悩みがわかって堪《た》まるものかという気持ちだった。彼は、男を追い出すために、立ち上がった。が、小田桐毅の次の言葉で、また腰を下ろしてしまった。

「私は、何もかも、承知しております。奥様と、黒木晴彦という男のことも、貴方が、探偵社に、黒木の素行を調べさせたこともです」

田沢は、蒼《あお》い顔で、小さな溜息をついた。相手が、そこまで知っていたのでは、十万ぐらいは、掴ませなければなるまいと思った。

「いくら欲しいんだ？」

「誤解なさっては困ります。私は、強請《ゆすり》などという下劣なことは、絶対に致しません。第一、私の趣味に合いません」

男は、ちょっと気取って、胸をそらせた。

「私は、今、申し上げましたように、貴方を、お助けしたくて、お伺いしたのです」

「勿体《もったい》ぶったいい方は止めて、単刀直入《たんとうちょくにゅう》に用件をいったら、どうかね？」

「では、申し上げましょう。貴方は、今、奥様と、黒木晴彦の関係を知って、非常に悩んでおられる。離婚なされば解決するが、貴方には、それが出来ない。当たり前の話です。あんなチャーミングな女性は、めったにいるものではありませんからな。貴方が、奥様を手離したくないお気持ちは、当然のことです。と、なると、解決策は、一つしかありません。黒木晴彦を、消してしまうことです。彼さえいなくなれば、奥様は、自然に、貴方の懐《ふところ》に戻って来ます。貴方自身も、それ以外に、方法はないと考えられた筈です。だからこそ、貴方は、苦労して、拳銃まで、手に入れられた――」

2

田沢は、いきなり、横面《よこつら》を殴《なぐ》られたような気がした。顔から、血の気の引いて行くのが、自分でもわかった。

「どうして、それを――」

「餅《もち》は餅屋と申しましょうか」

小田桐毅は、相変わらず、物柔らかな微笑を崩さずにいった。

「私の持っている力と組織を利用すれば、そのくらいのことは、簡単にわかります。貴方は、拳銃を手に入れた。あとは、ただ、その引金を引けばいいのです。それで、すべてが解決するのです」

「君は、私に、黒木を殺せというのか?」

「貴方も、そのつもりで、拳銃を手に入れたのではないのですか。黒木という男は、生きて行く資格のない人間です。虫ケラのような男です。あんな男が死んだところで、良心の痛みを感じる必要はありません」

「しかし――」

「貴方の考えていることはわかります。貴方は、黒木のような人間と、自分の命を引き換えにするのは嫌だと考えていらっしゃる。当たり前の話です。黒木は死んだが、貴方が刑務所行きでは、何にもならない。貴方が、恐れているのは、このことだと思います。貴方は、黒木を殺すことに道徳的な躊躇《ためらい》を感じているわけじゃない。そんな人間は、今時、いるもんじゃありません。憎みながら、相手を殺さないのは、道徳的な理由からではなくて、恐怖からです。私は、貴方の、その恐怖を取り除くために参上したのです。私は、力を持っています。一つの協会を――」

「協会？」

「お渡しした名刺を、よくごらん下さい。肩書の所に、A・M・Aと書いてあります。それが、私のやっている協会なのです」

「A・M・Aなどというのは知らんね？」

「ご存じないのが、当然です。社会の表面《おもて》には、出られない組織だからです。A・M・Aは、Alibi Making Associationの略です。訳せば、アリバイ製造協会とでも、いいましょうか。お客様に必要な、アリバイを、即座に作り上げるのが、我々の仕事なのです」

「馬鹿げている」

「誰でも、最初は、そうおっしゃるのです。しかし、よく考えて下さい。よく考えて頂けば、我々の組織が、信頼の置けるものであることをわかって頂ける筈です。現代は、殺し屋という職業まで、現れようとしている時代です。勿論《もちろん》、センチメンタリストの多い我国では、殺し屋は、まだ映画の上だけのことで、実際には、職業化されていません。しかし、遠からず、Murder Syndicate（殺人団体）みたいなものが生まれて来るでしょう。物真似《ものまね》の好きな民族ですからな。それに比べたら、我々のやっていることは危険も少なく、実現性の非常に高いものなのです。たった一言か二言、ある人間のために証言すればいいのです。それで多額の金が入るとしたら、これを企業化しないのが、おかしいくらいのものです」

「――――」

「まだ、貴方は、半信半疑《はんしんはんぎ》でいらっしゃる。よろしい。例えばあの有名な、列車転覆事件を考えてみましょう。被告達は、何故《なぜ》無罪になったのか。何とかメモによって、アリバイが成立したからです。列車を転覆する手段も持っていた。動機と兇器。この二つは、事件の決め手になるものです。しかし、この二つが揃《そろ》っていても、アリバイさえあれば、無罪になることを、この判決は、証明しているのです。しかも、このアリバイという奴は、ただ、何時何分に、被告と一緒にいたと、誰かが証言すれば済むことなのです。ちょっとした良心の痛みはあるでしょう。しかし、そんなものは、今時、流行《はや》りません。五百円の金のために、人を殺す世の中です。五万、十万の金のためならば、偽証しようという人間は、ゴマンといます。私は、そうした人たちと、契約し、事業化しました。もし、貴方が必要とするなら、適当な、人間を、いくらでも紹介します。彼らは、貴方とは、何の利害関係もない。したがって、彼等の証言は、信憑性《しんぴょう》があります」

「そんなものを、警察が信用するものか？」

「何故、そう考えるのです？」

男は、笑って、訊き返した。自信たっぷりな表情だった。

「我々の組織は、着々と実績をあげているのです。二ヶ月前に起きた、世田谷《せたがや》の人妻殺しを憶《おぼ》えていらっしゃいますか？　あの時、警察は、重要容疑者として、夫を逮捕しました。夫は、浮気な妻を憎んでいた。動機は充分だったわけです。しかし、彼は結局釈放されました。何故か？　彼には、確固としたアリバイがあったからです。犯行時刻に、彼が浅草《あさくさ》の屋台で飲んでいた、と、屋台のおやじが証言したからです。勿論、貴方には既におわかりのことと思いますが、この屋台のおやじは、我々の協会の登録員なのです。登録ナンバーは、二五七号です。半年前に起きた、社長殺し事件も、我々の組織の輝かしい実績を示しています。容疑をかけられた専務は、アリバイがあって釈放され、現在は、社長の地位について活躍しておられます。彼の場合、我々は、相談を受けて、いろいろと考えました。その人に相似《につかわ》しいアリバイでなければいけないからです。この専務の場合、酒を飲まず、女道楽もありませんでした。したがって、犯行時刻に、バーにいたとか、女と一緒だったというのは、信憑性がありません。ただ一つ、釣り道楽があった。我々は、それを利用することにしたのです。我々の組織の中には、釣り好きの人間ぐらい、何人もいます。その中の二人を夜釣りにやり、専務と一緒だったことにしたのです。勿論、事前の打ち合わせも慎重にやりました。結果は、新聞でご承知のとおりです。この事件は、我々にとって、三百二十番目の輝かしい勝利です」

「警察が、何故、嘘のアリバイに気づかなかったのだ？　信じられない」

「貴方は、警察の力を過信していらっしゃる。日本の警察は、ご承知のように貧乏です。我々のように、証人を買収出来ない。彼らに出来ることといったら、せいぜい、玉子丼《たまごどんぶり》をご馳走《ちそう》して、証人の機嫌をとるくらいのことです。何万という金で契約した、我々の証人が、百二十円の玉子丼で、ころりと行く筈がありません。玉子丼が駄目とすれば、警察が出来ることといえば、あとは、六法全書を振り廻《まわ》して脅《おど》かすくらいのことです。ところが、最近の人間は、権力を振り廻す相手には、反抗するように出来ている。どちらにしても、我々の勝ちというわけです。我々は、今までに、約四百人の方と契約しましたが、一度として、失敗したり、お客様に、ご迷惑をおかけしたことはありません」

「――――」

「どうやら、私の言葉を、信じる気に、なられたようですな。今まで、お話ししたこと以外に、我々は、殺人の技術的なことについても、ご相談に応じることにしているのです。貴方の場合なら、例えば、拳銃のことです。貴方は、ある男から、八千円の金で、リヴォルヴァー三八口径を手に入れられた。貴方は、それで、黒木を殺す気でおられる。しかし、いけません。そんなことをしたら、自殺するようなものです」

「何故だ？」

「考えれば、すぐわかることです。警察は、犯行に使われた拳銃を、貴方が、入手した事情を調べ上げてしまうからです。日本の警察も、それほど、馬鹿にしたものじゃありませんからね。したがって、貴方は、絶対に、その拳銃を使ってはいけない」

小田桐毅は、教師のような口調で言ってから、ハンカチーフに包んだ小型拳銃を取り出して、テーブルの上に置いた。

「これは、ベレッタ二五口径。八連発です。イタリア製で、なかなか、使いやすい拳銃です。これを使いなさい。この拳銃と、貴方とは、何の関係もない。そうすれば、兇器の上からも、貴方は逮捕される可能性は、なくなるのです。この拳銃は、無料で、貴方に進呈します。我々の心ばかりのサービスです」

「しかし、アリバイを証言した人間が、私を強請《ゆす》ったら、どうなるのかね？　強請らないという保証は、何処《どこ》にもないじゃないか？」

「ごもっともな、ご質問です。貴方が、黒木晴彦を殺した場合、貴方の運命を、我々の組織の中の一人が握ることになるからです。しかし、冷静に考えれば、その危惧《きぐ》は、何の理由もないことが、すぐおわかりになる筈です。絶対にあり得ないことですが、我々の一人に、たまたま不心得な者がいて、貴方を恐喝したとします。しかし、彼に、それ以上、何が出来るでしょうか。真相をバラしたところで、喜ぶのは、警察だけです。彼には、一文にもなりません。それどころか共犯の疑いをかけられ、貴方が払った金まで、取り上げられてしまうのです。誰が、そんな馬鹿なことをするでしょうか。それに、我々は、信用第一の事業家です。これからも、新しいお客様を作っていかなければならんのです。世の中が住みにくくなったおかげで、我々の仕事も、需要《じゆよう》が増え、軌道に乗って来たところです。そんな時に、自分の首を絞めるようなことは、絶対に致しません」

男は、言葉を切って、小さな咳払《せきばら》いをした。田沢は、煙に巻かれた顔で、テーブルに置かれた、拳銃を眺めていた。小田桐という男の言葉は、常軌《じようき》を逸《いつ》している。アリバイを引受けて、それを事業としている人間が、この世にいるとは、どうしても信じられないのである。しかし、小田桐という男が、単なる狂人とも思えなかった。

「とにかく、帰ってくれ」

田沢は、低い声でいった。我ながら、情けないほど、弱々しい声になっている。小田桐という男には、何となく反撥《はんぱつ》出来ない魅力のようなものがあった。小田桐毅は、軽く頷《うなず》いて見せた。

「今日は、帰りましょう。貴方は、まだ、完全に、私を信じ切れていないようですからな。しかし、貴方は、必ず、私を必要となさる筈だ。私以外に、今の貴方の悩みを解決出来る人間はいないからです。それに気づかれたら、躊躇《ためらい》なく、名刺のナンバーに電話して下さい。お待ちしていますよ」

小田桐は、メフィストフェレスのように、気取った笑い方をして、椅子から立ち上がった。

3

田沢は、ぼんやりと、テーブルの上に置かれた、小型拳銃を眺めていた。小田桐毅が置いていったものである。気づいて、周章《あわ》てて後を追ったのだが、彼の姿は、煙のように消え失《う》せてしまっていた。

小田桐は、この拳銃の名前を、ベレッタ二五口径だといった。田沢も、名前だけは知っていた。確か、入国管理局の職員が使っている拳銃である。重く鈍い光沢《こうたく》から見て、手に取ってみるまでもなく、玩具《おもちゃ》ではないことは確かだった。おそらく、弾丸も装填《そうてん》されていることだろう。この拳銃が本物であるように、あの男の話も、本当なのだろうか。

田沢は、書斎に入って、古い新聞を引っ張り出した。小田桐のいったように、半年前に、社長殺しが起きていたし、二ケ月前、世田谷で、人妻が殺されていた。アリバイがあって、容疑者が釈放されたことも、小田桐が話したとおりだった。社長殺しの場合には、夜釣りの男が、アリバイを証言しているし、人妻殺しの時は、屋台のおやじが証人になっている。

田沢は新聞の綴《と》じ込みをしまって、応接間に戻った。小田桐の言葉は、本当だった。勿論、彼は、ただ、新聞を読んで、あとから、自分の都合のよいように、話を、作り上げたのかも知れない。それは、調べようのないことだ。二つの事件のアリバイが、小田桐のいったように、作られたものだったとしても、事件の当事者が、田沢に話してくれる筈がない。しかし、田沢が、ほんの少しだが、小田桐の言葉を信じかけて来たことだけは事実だった。勿論、彼の良識は、アリバイ製造協会などというものの存在を否定する。しかし、一方では、もし、小田桐が嘘を吐《つ》いているのなら、何故、そんな面倒臭いことをしたのかという疑問に答えが見つからないのである。小田桐は、田沢の妻の不貞を知っていた。それだけで、彼から、多額の口止料を巻き上げられた筈である。現に、田沢は、十万ぐらいの金なら、呉《く》れてやる気だった。ところが、小田桐は、それをしなかった。しなかったばかりでなく、ベレッタ二五口径まで置いていった。田沢が、このまま、拳銃を猫ばばしてしまっても、彼は一言も抗議出来ない筈である。何故、そんなことをしたのだろう。小田桐の話が、真実だと考えれば、辻褄《つじつま》が合うのだが、田沢には、そこまで、信じる勇気はなかなか湧《わ》いて来なかった。

夜に入っても、予期したように、妻は戻らなかった。念のために、黒木晴彦の家に電話を掛けてみた。電話口には、女中が出て、黒木は旅行中で、明日にならなければ帰らないという。やはり、黒木と妻は一緒なのだ。また、暗く、にがい嫉妬《しっと》が、胸に、こみあげて来た。

ベッドに入ったものの、田沢は、なかなか寝つかれなかった。妻の白い肉体が、黒木の愛撫《あいぶ》を受けている光景が、嫌でも、頭に浮かんで来るからである。

田沢は、枕元《まくらもと》のスコッチを取り上げて、咽喉《のど》に流し込んだ。が、気持ちは、高まるばかりだった。彼は、ナイトガウンを羽織《はお》ると、のろのろと、書斎まで歩いて行った。書斎の引出しには、小田桐が置いて行った拳銃がしまってある。それを取り出して、右手で握りしめてみた。ずっしりとした、重い、充実した感触。小田桐は、この引金を引きさえすれば、すべてが解決されるといった。田沢は、血を流して倒れる黒木の姿を想像してみた。死こそ、あの男に相似《にっかわ》しいのだ。女漁《おんなあさ》りばかりしている下劣な男だ。生きて行く資格のない人間なのだ。虫ケラのような――

田沢は、いつの間にか、小田桐毅が口にした言葉を、自分の考えのように、呟《つぶや》いていた。

田沢は、拳銃をテーブルに置くと、受話器を取り上げて、ダイヤルを廻した。時計の針は、既に、午前二時を指していたが、田沢は、時間を忘れていた。電話口に、聞き憶《おぼ》えのある声が聞こえた。

「決心が、おつきになったようですな」

小田桐は、電話の向こうで、奇妙な笑い声を立てた。

「真夜中に、わざわざお電話を頂いたのは、それだけ、我々を信頼して下さった証拠だと感謝致します」

「金は？」

「二十万。私が十万。それと、証人になる人間に、十万。安心して、引金を引ける代金としては、極めて安いものと思いますが」

「本当に、安心して、引金を引けるのか？」

「大丈夫です。お約束します。ただし、引金を引く時には、今のように、酔っていない方がいいと思いますよ」

「余計なことは、言わんでよろしい。いつ会えるね？」

「いつでも。私の方は、お客様次第です」

「明日会いたい」

「結構です。明日の午後、お伺いします」

田沢は、受話器を置いた。大きな吐息が、自然に、彼の口から洩《も》れた。もう、後に引き返せないと、田沢は、自分に、いい聞かせた。矢は放たれてしまったのだ。俺は、結局、引金を引くことになるだろうと思った。あの男が現れなくても、俺は、引金を引いていたかも知れない。それ以外に解決の方法がないからだ。小田桐という男は、彼に決心をつけさせる、きっかけになったようなものだと思った。

田沢は、拳銃をしまうと、寝室に戻った。眠るためにではなく、スコッチを、咽喉に流し込むためにである。

4

昨日と同じ時刻に、小田桐毅は、田沢を訪ねて来た。

「奥様は、まだ、お帰りになっていないようですね」

小田桐は、田沢の顔を見るなり、傷口に触れるようないい方をした。田沢は、顔を赧《あか》くした。

「黒木は、帰って来ている」

「成る程。一緒に帰るのは、さすがに、気がひけたというわけですね」

「京子は、明後日、旅行から帰ってくる。それまでに、始末をつけておきたい」

「承知しました。それなら、明日がいいでしょう。黒木を誘い出すのは、私の方でやります。女に電話を掛けさせれば、彼は、必ず出て来るでしょう」

「私に、どんなアリバイを作ってくれるんだ?」

「貴方は、酒が好きらしい。だから、その関係のアリバイが、自然で、いいと思います。ちょうど、それに相似《にっかわ》しい証人がいるのです。三〇二号です。貴方は銀座には時々出掛けますか?」

「会社の帰りに、時たま飲みに行くことがある」

「銀座裏の、『キクノ』というバーをご存じですか？」

「知らないね」

「その方がいいでしょう。証言に信憑性が出ます。このバーは、マダムが、二人の女給とやっている、小さな店です。マダムの名前は、中上圭子《なかがみけいこ》。この女が、貴方のアリバイの証明をするのです。このマダムには、気に入った客があると、奥の部屋で、差し向かいで飲む癖《くせ》があり、好事家《こうずか》の間で、有名です。貴方は、マダムの気に入った客になる。お互いに、思い出話などを語り合う。それが、アリバイです」

「女給は、どうなる。彼女たちが、妙な証言をしたら、一巻の終わりじゃないか？」

「そんな心配は、必要ありません。忙しくて、一人一人、客を憶《おぼ》えてはいませんよ。それに、マダムの言葉には、絶対に抗《さか》らえない女たちです。絶対に大丈夫です」

小田桐は、その日の中《うち》に、『キクノ』のマダムを田沢に紹介した。色白な、男好きのする女だった。淫蕩《いんとう》な感じもした。こんな女なら、金のために、どんなことでもするに違いなかった。

田沢は、女に、前金として、五万の金を渡した。そのあとで、小田桐を中に挟《はさ》んで、細《こま》かい打合わせをした。お互いが、杯《さかずき》を重ねながら話す筈の身の上話。それに、バー『キクノ』の構造のことなどである。

「これで、すべて、上手《うま》く行きますよ」

小田桐が、胸を叩くような調子でいった。マダムも、「絶対に、大丈夫」といった。が、田沢には、一抹の不安が残っていた。絶対的な信頼。そんなものは、元々、何処《どこ》にもないのだ。しかし、結局、この奇妙なアリバイを拠《よ》り所にして、引金を引くより仕方がないのである。他に、どんな手段が残されているだろう？　動き出してしまった感情は、今更、止めようがなかった。

「アリバイを完全にするために、名刺を渡しておかれた方がいいですよ」

小田桐がいった。

「このマダムには、気に入った客から、名刺を貰う癖があるからです。それに、マダムが、貴方の名刺を持っていれば、貴方のことを、憶えていたことが不自然でなくなります」

女は、何枚かの名刺を取り出して、田沢に見せた。マダムの所へ通いつめた客の名刺らしかった。その中に、実業家として、かなり著名な人物の名前も、読むことが出来た。

田沢は、ポケットから、自分の名刺を取り出して、女に渡した。女は、大事そうに、ハンドバッグにしまった。田沢は、ふと、自分の運命が、名刺と一緒に、小さなハンドバッグの中に、しまい込まれてしまったような、錯覚をおぼえた。

5

翌日、夕食を済ませた田沢に、小田桐から電話が掛かって来た。

「黒木晴彦を誘い出すことに成功しました。彼は、九時に、N河の鉄橋の下で待っている筈です。誰にも、見られずに、済む場所です。鉄橋を通過する電車の音にまぎれて、引金を引けば、拳銃の音も、消されてしまうでしょう。二時間後には、すべてが、解決されてしまいますよ」

「アリバイの方は、大丈夫だろうね？」

「大丈夫です。そのために、金を頂いています。失敗すれば、元も子もなくなるのですからね。マダムも全力を尽くしますよ。安心して下さって結構です。なお、アリバイを完全なものにするために、お出掛けの際に、女中さんに、銀座に行かれることを、それとなく、ほのめかしておかれた方が、いいと思いますね。こんなことは、勿論、先刻、ご承知のことと思いますが」

電話は切れた。田沢は、ベレッタ二五口径を懐中にして、家を出た。女中には、銀座へ廻るから、遅くなるとだけいった。勘の鈍い女中だから、田沢の表情が、いつもより固く、青ざめていたことに、気付かなかった筈である。

空は、どんよりと曇っていた。陰鬱《いんうつ》な夜であることが、かえって田沢を落ち着かせてくれた。暗い鉄橋の下に、黒木晴彦は、例の、白茶けた笑顔を浮かべて立っていた。彼が、女と会うつもりで其処《そこ》に来ていたことは確かだった。おそらく、あのマダムが、小田桐の命令で、誘いの電話を掛けたのだろう。

黒木は、田沢の姿を見て、狼狽《ろうばい》の色を浮かべた。田沢は、その顔に、二五口径の弾丸を、ぶち込んだ。黒木は、低い、獣のような呻《うめ》き声を立てながら、倒れた。虚脱した表情で佇《たたず》む田沢の頭上を、黒いかたまりに見える電車が、凄《すさ》まじい轟音《ごうおん》を立てて、通過して行った。

田沢は、身体全体から、力が抜けて行くのを感じた。あまりにも、簡単に、すべてが終わってしまったような気がした。これで、憎悪の対象は、この世から消え失《う》せ、妻は、自分の胸に、戻って来るのだ。

田沢は、今までの危惧《きぐ》が、馬鹿らしく思えて来た。小田桐毅は、引金を引くだけで、すべてが終わるといった。そのとおりだった。もう、すべてが終わったのだ。田沢が、黒木を殺すところを目撃した人間はいない。彼は安全なのだ。小田桐毅がいったように、絶対に安全なのだ。

田沢は、河の深い場所を選んで、拳銃と、手袋を投げ込んだ。小さな水音がした。おそらく、警察は、河浚《かわざら》いをして、拳銃を見付け出すだろうが、田沢は、見付けてくれた方が、いいと思っていた。その方が、彼の嫌疑を晴らすことになるからである。

田沢は、二時間近く、人気のない場所を選んで歩き廻ってから家に帰った。用意して行った、ウイスキーのポケット瓶を空《から》にして、銀座で酔った恰好《かっこう》をつけることも忘れなかった。家に戻ったのは十二時に近かった。玄関を開けると、そこに、頑丈な身体つきの二人の男が立っていた。一目で刑事だとわかった。

「君を、殺人容疑で逮捕する」

太った男が、押し殺したような声を出した。瘦《や》せた方は、田沢が逃げるのを防ぐつもりか、彼の背後に廻った。

「理由を聞かせて下さい。私には、何のことか、さっぱりわからない」

田沢は、平静を粧《よそお》って、いった。とにかく、アリバイがあるのだ。周章《あわ》てる必要はない。

「理由は、君が一番よく知っている筈だ。それとも、八時から十時までの間、何処《どこ》にいたか、いえるというのかね？」

「アリバイなら、ありますとも」

田沢は、気負い込んだ調子でいった。声が、少し震《ふる》えたのは、これから、賭《かけ》が始まるのだと思ったからである。小田桐毅という男を、信じられるか、どうかという賭が。

「どんなアリバイだね？」

「銀座ですよ。銀座で飲んでいたんです。確か、『キクノ』という小さなバーでした。そこのマダムと、酒を飲みながら、色々と身の上話みたいなことをやりましたよ。嘘じゃありません。調べて貰えば、わかることですよ」

二人の刑事は、狐《きつね》に、つままれたような表情で、顔を見合わせた。田沢はざまあ見ろと思った。おそらく、刑事は、黒木晴彦の死体を発見して、動機の点から田沢が犯人と確信したに違いなかった。田沢に、確固としたアリバイがあるなどとは、考えてもいなかったに違いない。それで、驚いているのだろうと、田沢は思った。

「嘘ではありませんよ」

田沢は、念を押した。刑事みたいな人種には、一刻も早く退散して貰《もら》いたかった。

「私は、八時から十時頃まで、そのバーで、マダムと一緒にいたんです。二人だけでね。そうだ。名刺を渡したから、マダムは、私の名前を憶えていてくれますよ。色白な、男好きのするマダムです」

「君が、今、いったことに間違いないね？」

「ありませんよ。とにかく、私には、確固としたアリバイがある」

「今の言葉を、撤回するようなことはないかね？」

「ありませんよ。私は、間違いなく、『キクノ』というバーにいたんです。そこのマダムとね。これでも、まだ、私を逮捕するというのですか？」

「勿論、逮捕する。当たり前の話だ」

陰気な顔をした刑事は、にやッと、気味の悪い笑い方をして見せた。

「我々が、自供した人間を、見逃すほど、涙もろいと思っているのかね」

「自供？　一体何のことです？」

「君のことさ。人を殺したショックで、どうかしちまっているらしいが、我々は、『キクノ』のマダム、中上圭子殺害の容疑で、君を逮捕しに来たのだ。彼女は、君の名刺を、しっかり手に摑んで殺されていた。店の女給は、今日、田沢という客がマダムの相手をしていたと証言した。そして、今、君は、その店に行き、マダムと一緒だったと自供した。君の所の女中も、君が、銀座へ行くといって出掛けたと証言している。だから逮捕するのさ。まだ何かいうことがあるかね？」

6

「ラジオで、お聞きになったと思いますが」

男は、セールスマンのような柔和《にゅうわ》な微笑を浮かべた。

「マダム殺しには、田沢という馬鹿な男が、犯人として逮捕されました。おそらく、彼は遁《に》げることは出来ないでしょう。彼の現場存在証明は完全だからです。貴方が、彼女を殺したなどと考える人は、誰もおりません。これで、貴方は、一銭の手切金も出さずに、あの女から自由になれたわけです。おめでとうございます」

相手の、赧《あか》ら顔の老人は、男の言葉に誘われたように、五十万の札束を取り出して、テーブルの上に置いた。

「何となく、後味が悪いが――」

「感傷的になる必要はありません」

男は、札束をしまいながら、笑った。

「田沢という男が、馬鹿なだけです。馬鹿な人間は、いつの世でも、利用されるだけの価値しかないのです」

「しかし——」

老人は、急に、不安気な表情になって訊いた。

「私が万一逮捕された時のアリバイは、しっかりしているのだろうね?」

「大丈夫ですとも」

男は、魅力的な微笑を、口元に浮かべた。

「何故、心配なさるのか、私には不思議で仕方がありませんな。貴方のアリバイは、私の紹介した医者が、ちゃんと証明してくれるのですよ。貴方は、あの時刻に、医者に、胃ガンのことで、相談していたのです。貴方は、医者と二人だけだった。それを証明するために、貴方の名刺を、わざわざ、あの医者に渡してあるのじゃありませんか。刑事が来たら、医者の所にいたといえばいいのです。それで、すべてが解決するのです。刑事は、きっと、狐《きつね》に、つままれたような顔をしますよ」

男は立ち上がって、奇妙な眼付きで、老人を眺めた。

「では、これで失礼します。他にも、廻らなければならない所がありますので——」

私は狙《ねら》われている

1

自分が、誰かに狙《ねら》われていると、最初に感じたのは、あの小さな事件が、あってからである。あの事件、と勿体《もったい》ぶって、いったのは、別に、他意があるわけではない。事件と呼ぶことが適当であるかどうか、はっきりと私自身にもわからないからである。もしかすると、私の考え過ぎかも知れなかったし、私の話を聞いた同僚の多くは「被害妄想」だといって、にやにや笑ったし、妻も、疲れているから、考え過ぎるのよと、笑った。

その事件というのは、こんなことだった。

私は、N商事で、営業課長をしている。年齢は、三十七歳。出世頭の方だと、他人からも思われていたし、自分でも、現在の地位に満足していた。それに、若く美しい妻にも。

N商事では、部長以上は、車を使えるが、課長は、私用で、車を使うことを、許されていない。それで、私は、電車で、郊外から、日本橋《にほんばし》まで、通勤していた。ラッシュは、辛いが、別に、それが不服ということは、なかった。あと三年もすれば、部長の椅子につけるという自信が、私にはあったからである。

新宿《しんじゅく》で、地下鉄に乗る私は、赤坂見附《あかさかみつけ》で、浅草《あさくさ》行きの電車に乗りかえる。ここでの混雑には、辟易《へきえき》するのだが、その日も、赤坂見附のホームは、乗客で、ごった返していた。私は、ホームの一番前にいた。というよりも、いつの間にか前へ、押し出されてしまっていたと、いった方が、いいかも知れない。しかし、危険な感じはしなかった。ラッシュの時にはいつも危険な状態にあるといってもいいし、何となく、神経が麻痺《まひ》しているのである。

駅の拡声機は、電車が、前の「青山《あおやま》一丁目」を出たことを、告げた。やがて、かすかに、レールの響きが聞こえてきた。アナウンスが、また「危険ですから、白線の内側まで、お退《さが》り下さい」と、いった。私は、手に持っていた新聞を、スプリングコートのポケットに、突っ込むと、後退《あとずさ》りしようとした。が、そのとき、私の身体は、いきなり前に、押されたのである。

「あッ」

と、私は、叫んだような気がするが、はっきりとは、憶《おぼ》えていない。あるいは「あッ」と叫んだのは、私の周囲にいた、乗客の誰かだったかも知れなかった。私は、それでも、何かに、摑《つか》まろうとして、手を伸ばしたのだが、無駄だった。私の身体は、奇妙に、ゆっくりと、ホームから、暗い軌道の上へ、落ちた。

「早く上がれッ」

と、誰かが、叫んだ。が、そのとき、私は近づいてくる、電車の、突き刺すような光を認めた。這《は》い上がっていたのでは、間に合わない。私は、咄嗟《とっさ》に、反対側の壁に、自分の身体を押しつけた。次の瞬間、私の背中の、すぐ後ろを、電車の、巨大な鋼鉄が、通り過ぎて、停《と》まった。あのとき、私の眼には、電車というものが化け物のように、巨大に見えた。おかげで、子供の時から、電車や汽車に抱いていたロマンチックな憧憬《どうけい》は、霧散してしまった。

ともかく、私は、助かった。電車が、通過したあと、駅員に助けられて、ホームに這い上がった私は、手足に、擦傷《すりきず》していることを知った。

駅員は、私を、事務室へ連れていって、傷の手当てをしてくれたが、

「このくらいの傷で済んでよかったですよ」

と、生真面目《きまじめ》な声で、いった。

2

手当てが、済んだあと、私は、タクシーを拾って、会社へ出勤したが、その日、一日中、事故のことが、気になってならなかった。午後の課長会議のとき、手首の傷を、目ざ

とく見つけられて、赤坂見附での事故のことを話すと、一様に「そりゃあ運がよかった」と、いってくれた。そのあと、ラッシュアワーの危険なことが、論議され、課長にも、出勤に、車を使わせるべしという、勇ましい話になったが、私は、何故《なぜ》か、仲間の話についていけないものを感じていた。私の頭には、あの事故が果たして、単なる事故だったのだろうかという、疑惑が、あったからである。

確かに、あの時、赤坂見附のホームは、乗客で、溢《あふ》れていた。その人波が動き、私は、押されて、落ちたのかも、知れない。偶然の事故だったのかも知れない。前にも、地下鉄ではないが、国電のある駅で、通学の途中の小学生が、人波に押されて、線路に落ちて、死んだという事故があったのは、私も知っていた。私の場合も、それと、同じケースなのかも知れない。私が死んでいたら「ラッシュアワーの悲劇」と、新聞に書かれたろう。誰が、悪いわけでもない。人間の多過ぎるのが悪い。ホームに溢れるような人間が悪いということなのだろう。

しかし、そう考えてきても、私は、一つの暗い疑惑に突き当たらざるを得ないのである。

私は、あの事故に、一つの暗い意志のようなものを感じるのである。ホームから、私を、故意に突き落とそうとした、ある人間の意志を。勿論《もちろん》、私の言葉は、誰からも、信用されなかった。同僚の課長達は「神経質だよ」と、笑い、家に帰って、妻に話すと、さすがに、蒼《あお》い顔になったが、やはり「疲れて、いらっしゃるのよ」といい、誰かが、私を、突き落とそうとしたという、私の考えは、簡単に、否定されてしまった。考えてみれば、同僚や、妻の考え方の方が、健全だし、当たり前なのだ。私自身落ち着いて考えてみて、一体、誰が私を狙うのだとなると、皆目、見当が、つかないのである。しかし、だからといって、私には、簡単に、暗い想像を、捨てさることは出来なかった。落ちたのは私自身だし、あのときの恐怖は、簡単には、消え去りはしなかったからである。

しかし、第二の事件が、起きなかったら、私の不安も、時と共に、消えていたろうと思う。私は、粘着質の方だと、人にいわれるが、それでも、誰かに、殺されかけたなどという想像を、二ヶ月も三ヶ月も、持ち続けられるものでは、なかったからである。それに、仕事も、忙しかった。

第二の事件が起きたのは、赤坂見附で、轢《ひ》かれ損なってから二ヶ月後である。

十一月二十二日と、憶えている。憶えているなどという曖昧《あいまい》な、いい方をしたのは、それが、二十三日になっていたかも知れないからである。とにかく、二十三日の、午前〇時に近かった。私は、酔っ払っていた。会社で、ちょっと面白くないことがあって、退社後、私は、銀座のバーで、飲み、それが、梯子《はしご》になったのである。

三軒目までは、どうにか、店の名前を憶えていた。そのあと何処《どこ》を、どう歩いたのか、はっきり思い出せない。とにかく、ふらふらと、銀座裏を歩いて、まだ、灯《あかり》の点《つ》いている店へ入ったのである。ひどく、薄暗い店で、客が、ごちゃごちゃと、一杯いた。頭が痛くなるような、やかましい音楽をやっていて、若い男女のカップルが、狭いフロアで、踊っていたのを、憶えている。

私は、テーブルに腰を下ろして、ハイボールを注文した。もう味も、たいしてわからず、ただ、酔いを深めるために、飲んでいるような具合だった。二杯目が、運ばれて来たとき、私は、尿意を催《もよお》して、トイレに、立った。足が、ふらついていた。トイレで顔を洗い、腕時計を見た。酔っているので、正確な時間がわかったかどうか、とにかく、遅いことだけはわかって、テーブルに戻ると、最後のハイボールを、流し込むように飲んで、立ち上がった。そのとき、ふいに、突き上げるような、胃の痛みと焼けるような、咽喉《のど》の痛みを、同時に、感じたのである。私は思わず「げえッ」と、吐き、テーブルに摑まったまま、その場に倒れてしまった。

3

気がついたとき、私は、病院のベッドに、寝かされていた。白衣を着た、初老の医者が、私を覗《のぞ》き込んで、

「気がついたようですね」

と、柔らかい声で、いった。私は、何か、いおうとしたが、咽喉が、塞《ふさ》がれてしまったように、声にならない。

「まだ、何も、いわない方がいい」

と、医者は、いった。

「胃を洗浄《せんじょう》したから、もう大丈夫だが、しかし、あんな場所で自殺しようとするのは、止めた方が、いいですよ」

医者の声には、皮肉とも、冗談ともつかぬ響きがあった。勿論、私には、医者が、何をいってるのか、まるっきり、見当がつかなかった。私は、周章《あわ》てて、首を横に、ふって見せた。

「自殺する気は、なかったと、いうのですか?」

医者は、眉《まゆ》をしかめた。

「しかし、貴方は、現実に、砒素《ひそ》を、ハイボールと一緒に、飲んでるんですよ。自殺する気のない者が、何故、そんな馬鹿な真似《まね》をしたんですか？」

医者は、不審気にいった。私にだって、そんな馬鹿げたことが、わかる筈がない。私には、ハイボールを飲んだ記憶はあっても、砒素を飲んだ記憶は、ないのだ。第一、私は、生まれてから今まで、砒素などという毒薬を、見たことさえないのである。

二時間ほどして、妻の富子《とみこ》が、真っ青な顔で、駈けつけて来た。日頃は、落ち着いている女なのだが、この時は、滑稽《こっけい》なほど、取り乱してしまっていた。医者に、聞いたとみえて、入ってくるなり、

「どうして、自殺しようとなんか、なさったの？」

と、恨むような眼で、私を見た。どうにか、声が出るようになっていた私は、

「違うんだ」

と、富子に、いった。私は、ハイボールを飲んだだけだということを、繰り返した。その中に、砒素が入っていたとしても、私が、自分で入れたわけではない。誰かが、あの中に入れたのだ。誰かが。そこまで、考えて来て、私は、ふいに、いいようのない恐怖に、襲われた。

（誰かが、私を、殺そうとしたのだ）

恐怖感は、妻にも、すぐ、伝染したようだった。妻の顔が、私の話を聞いているうちに、白茶《しらちゃ》けてきた。唇が、かすかに、震《ふる》えている。

「誰かが、貴方を、殺そうとしたなんて、そんな、恐ろしいことが、あるでしょうか？」

「僕だって、信じられないが、事実だから、仕方がない」

「でも、誰が、貴方を――？」

「――」

私は、黙って、病室の白い天井を睨《にら》んだ。私は、殺されかけた。それは、事実だ。しかし、誰が、私を殺そうとしたのかと考えると、答えは、見つからない。

私は、二ヶ月前の、赤坂見附での事件を、思い出した。偶然の事故かも知れぬと、思っていたのだが、今度の事件が、起きてみると、偶然の事故とは、考えられなくなった。私は、一つの結論を、導き出さざるを得なかった。不愉快な結論だが、他に、考えようがないのである。

（誰かが、私を狙っているのだ――）

4

警察が、来た。木崎《きざき》という刑事が、主に、私に質問したのだが、聞き終わっても、曖昧な表情をしていた。おそらく、彼は、私が、自殺しそこなったのだと、信じているに、違いない。私には、そんな顔に見えた。それでも、

「誰かに、恨まれているという、心当たりのようなものが、ありますか？」

と、刑事は、訊いた。何となく、お義理で訊いているような感じがした。自殺未遂で片づけてしまえば、手間が、はぶけるとでも、考えているのかも、知れない。

私は、心当たりがないと、いった。嘘ではない。冷静に考えれば、誰か思い出すかも知れないが、そのときの私には、本当に心当たりが、なかったのだ。

刑事は、ハイボールを飲んだときの様子を、いろいろと、私に訊いてから、帰って、行った。酔っていた私は、ほとんど、そのときのことを、憶えていなかったから、刑事は、あまり収穫は、なかった筈である。おそらく、あの刑事は、自殺未遂の可能性が強いとでも、上司に、報告することだろう。

会社からも、部長や、課長仲間、それに課員が、見舞いに来た。誰もが「とんだ目にあ

ったね」と眉をひそめていったが、本気で、私の身体を、心配しているようには見えなかった。少なくとも、彼らに、私の恐怖が、わかる筈がない。こんな、意地の悪い考え方をするのは、誰かが、私を殺そうとしている恐怖感のためだったに、違いない。考えたくはなかったが、見舞いに来た連中の中に、もしかすると、私を殺そうとした人間が、いるかも、知れないのだ。

見舞客が、帰ると、病室の中が、ひっそりと、静まり返った。妻の富子は、枕元《まくらもと》で、私のために、果実の皮をむいていた。その、かすかな音を聞きながら、私は、天井を睨《にら》んだ。

（一体、誰が——？）

私は、富子にも、家に、帰るようにいった。勿論、妻は、反対したが、私は、怒鳴りつけるようにして、彼女を、帰らせた。私は、ひとりになって、考えたかったのだ。

富子が帰ってしまうと、私は、本当に、ひとりだけになった。孤独という実感は、久しぶりのものだった。

私は、考えた。医者の話で、ハイボールを飲んだ店の名前が「シャノアール」だと、私は、知った。が、その名前から、連想されるものは、何もなかった。フランス語は、苦手《にがて》の私だが「シャノアール」が「黒猫」の意味だというぐらいのことは、知っている。しかし、私と、黒猫とは、関係がない。第一、私は、猫は、嫌いだ。

今度の事件と、店の名前とは、おそらく、関係がないだろう。私を殺そうとした人間は、あの店まで、私を尾《つ》けて来て、私がトイレに立った時に、ハイボールに、砒素を、投入したに違いない。あるいは、砒素の入った、ハイボールと、すりかえたかの、どちらかだろう。その前に寄った店で、犯人が、私を殺そうとしなかったのは、私が、テーブルを、立つことが、なかったからだ。

私は「シャノアール」に、どんな客がいたかを、思い出そうとした。が、すぐ、諦《あきら》めてしまった。

泥酔していた私は、店の構えさえ、おぼろげにしか、憶えていなかったからである。憶えていることといえば、ひどく、薄暗い店だったこと、フロアで、若いアベックが、踊っていたことぐらいである。

私は、次に、誰が、自分を殺したがっているだろうかと、それを、考えてみた。あまり愉快な作業ではないが、狙われている以上、考えざるを得ないのである。考えていくうちに、愕然《がくぜん》としたことがある。

それは、いつの間にか、自分が、多くの敵を、作ってしまっていたということだった。

私は出世頭の方だと、前にいった。しかし、何の曲折もなく、三十七歳で、営業課長の椅子に、ついたわけではない。

　その間には、随分、無理もあったし、あこぎな真似もした。何人かの競争相手を叩き潰して、現在の椅子にありついたのだし、営業部長の椅子をめぐって、今でも、課長同士の暗闘は、続いている。私が邪魔な人間もいるだろうし、私に、消えて欲しいと、ひそかに願っている人間も、いる筈だ。

　私は、その中から、これはと、思われる名前を、拾い上げてみた。

　先ず、販売係長の、朝日奈徳助《あさひなとくすけ》がいる。四十二歳の風采《ふうさい》の上がらぬ男である。商事では、私より古顔で、営業課長には、彼の方が、先になる筈だったが、私に、先を越されてしまった。その上、今では、私の下で、働いている。私の顔を見れば「課長課長」と、ご機嫌をとっているが、内心は、私を憎んでいるに違いない。私が、いなければ、彼が、今《いま》頃《ごろ》は、課長の椅子に、ついていたからである。それに、私が死ねば、今度こそ、確実に、朝日奈徳助は、営業課長の椅子に、つくことが出来る。つまり、彼には、二重の動機が、あると、いうわけだ。

　二番目は、業務課長の、山田信介《やまだしんすけ》だ。営業部には、五つの課があって、それぞれに課長がいるが、次期営業部長の候補と、目されているのは、私と、山田信介ということになっている。私より年齢は、二歳上の三十九歳だが、それだけに、私に対する、対抗意識は強いように思える。現在の営業部長は、あと三年で、停年になる。それまでに、私が死ねば、部長の椅子は、間違いなく、山田信介のものになるだろう。その間際になって殺したのでは、疑惑を持たれると思って、急に、私の殺害を、思い立ったのかも知れない。それに、私は、山田という人間が虫が好かない。向こうでも、そう思っていることを、私は聞いたことがある。いわゆる犬猿の仲というのかも知れない。このことも、殺す理由にはなる筈だ。

この二人以外にも、私を、恨んでいたり、嫌悪している人間は、何人か、いるだろう。しかし、殺すほどの動機の持ち主となると、ちょっと、考えつかなかった。とにかく、この二人には、注意する必要がある。

(他に、誰がいるだろうか——？)

私は、白茶けた、病室の天井を睨みながら、考え続けた。会社以外では、誰が？——と考えてきて、ふっと、妻の顔が、私の頭をかすめた。私は、正直にいって、狼狽《ろうばい》した。妻の顔が、こんな場合に、思い浮かぶとは、思っていなかったからである。妻の富子が、私を殺そうとする。そんなことは、考えられなかったからだが、冷静に考えてみると、そう、ひとり決めにしていいものかどうか、不安になって来た。

妻は、二十八歳。私より九歳若い。七年前に、結婚したが、まだ、子供はなかった。無口で、大人しい女である、ということは、面白味のない女ということでもある。そのせいで、私は二年前から、会社のタイピストをしている、松山弘子《まつやまひろこ》という女と、関係を、持つようになっていた。妻とは、正反対の、現代的な、悪くいえば、不良少女のような感じもある女だった。その女を愛しているというよりも、遊びの気持ちだと、私は、思っている。勿論、妻は、知らない筈だったが、ひょっとすると、私と、松山弘子の関係に気づいているのかも知れない。だとすると——私は、急に不安が、高まるのを感じた。大人しい、私のいうとおりに動く、従順な女と、妻を見ていたのだが、もしかすると、私は、とんだ、思い違いをしていたのかも知れないという不安である。

5

三日後に、私は退院した。会社に、顔を出すと、私を見る皆の眼が、今までと、違っていることに、気づいた。私は「殺されかけた男」なのだ。廊下で会う、女事務員たちまで、私の顔を見ると、モルモットでも見るような眼つきをした。

部屋に入り、三日ぶりに、課長の椅子に、腰を下ろすと、販売係長の朝日奈徳助が、いつもの、卑屈とも見える態度で「大変なことでしたなあ。課長」と、私にいった。私は、黙って、朝日奈の顔を見ていた。どうみても、人を殺せそうにない、貧相な男なのだ。事件の前だったら、私は、簡単に、この男を、無視してしまったろう。しかし、今は、少し違っていた。朝日奈の、貧相な顔や、卑屈な態度が、かえって、私には、不気味だった。この男は猫を、かぶっているのでは、あるまいかと、そんな気がするのだ。

業務課長の山田信介は、廊下で、私に会うと「気をつけ給《たま》え」と、いった。「切れる人間は、恨まれることも多いからね。その点、お互いに、気をつけた方がいい」

口調は、冗談のようだったが、私は、山田の言葉に、鋭い刺《とげ》のあるのを感じた。私は、「僕は、死んだ方が、よかったのかねえ」と、いった。勿論、笑いながら、いったのだが、山田にも、さすがに、私の皮肉は、通じたようだ。彼は、顔を歪《ゆが》めるとすたすたと、自分の部屋に、消えてしまった。

私は、帰りぎわに、タイピストの、松山弘子に、声をかけられた。彼女は、私を誘った。私は、一週間近く、彼女と、肉体交渉を持たなかったことを思い出した。弘子の眼には、私を求める、光が、宿っていた。いつもの私なら、彼女の誘いに応じて、目白《めじろ》の彼女のアパートに、行ったろうと思う。彼女の身体は、それだけの素晴らしさを持っていた。が、今日の私には、他に、しなければ、ならないことがあった。私が、断ると、彼女は、ぷッと、ふくれたような顔になって、小走りに、会社を出て行った。

私は、会社から、一〇〇メートルばかり離れた場所にある「アサノ」という喫茶店に、立ち寄った。そこで、ある人間に、会うことになっていたからである。

店は、かなり混んでいた。ドアを開けたところで、私は、立ち止まって、店の中を見廻《みまわ》した。

奥のテーブルで、私に向かって、若い男が、手を上げた。私はそのテーブルに、行き、向かい合って、腰を下ろした。営業課員の安藤晋一《あんどうしんいち》という青年である。販売係長の朝日奈徳助の下で働いている。ありていに、いえば、私の子分でもあり、スパイでもある。私も、この青年を利用しているし、彼の方でも、私について いれば、得だと、ふんでいる筈だ。

「何の用ですか課長」

安藤は、忠犬のような眼で、私を見た。私が、煙草《たばこ》を取り出すと、すかさず、ライターを、眼の前に、差し出す。

「秘密で、君に、頼みたいことがある」

と、私は、いった。

「秘密は、守れるだろうね?」

「勿論です」

「私が、殺されかけたことは、知っているだろうね？」

「はあ、大変なことでしたね。誰が、あんなことをしたか、課長には、心当たりが、あるんですか？」

「ないこともない」

「誰です？」

「業務課長の山田信介と、販売係長の朝日奈徳助だ。二人とも私が死ねば、得になる。対抗意識もあるし、私に、恨みもある筈だ」

「成る程」

安藤は、賢《さか》しげに、頷《うなず》いて見せた。

「僕も、あの二人が、あやしいとは、思っていたんですが」

「調べてくれ」

と、私は、いった。

「先ず、二人が、酒に強いかどうか、調べて欲しい。山田とは課長会議で、一緒に飲んだことがあるが、あまり飲めないと、自分ではいっていた。しかし、本当かどうか、わからない。朝日奈の方は、甘い物が好きだといっているが、これも、猫をかぶっているのかも知れないのだ」

「何故《なぜ》、酒が飲めるかどうかが、問題なんですか？」

「あの夜、私は、シャノアールに行くまでに、三軒、梯子《はしご》をしている。犯人は、その間、ずっと、私の後を尾けて、機会を狙っていた筈だと思うのだ。そうなると、四軒の店で、犯人も、酒を飲んだと思う。バーに入って、ミルクを注文するわけにはいかんだろうからね。酒が、飲めない人間だったら、この芸当は、出来なかった筈だよ」

「成る程」

「次は、四日前の夜の、二人の行動だ」

「わかりました。調べてみます」

「くれぐれも、二人に、覚《さと》られないように、調べてくれ」

「わかっています」

安藤は、私に向かって、大きく、頷いて、見せた。

6

安藤と、別れた私には、もう一つ、することがあった。妻のことである。私は、富子が、酒を飲むのを、見たことは、ない。しかし、だからといって、飲めないと、断定することは、危険だった。私は、妻は、飲めないものと、ひとりぎめにして、今まで、すすめたことが、なかっただけのことだからである。

私は、妻の調査を、探偵社に、依頼することにした。私立探偵というものに対する、私の印象は、あまり、よくはなかった。時折、新聞に「調べ上げた秘密をタネに脅迫」というような記事が、出ていたからである。私は、電話帳を調べて、なるべく社歴の古い、大きな探偵社に、頼むことにした。その方が、危険は、少ないと、考えたからである。

私は、銀座にある「N」という探偵社に足を運んだ。創業七十年、従業員三百五十人という規模が気に入ったからである。

N探偵社は、三階建ての近代的なビルであった。そのことも、私を安心させた。受付で、素行調査の依頼に来たというと、応接室に通され、そこで、調査員に会った。三十五、六歳の女であった。私は、相手が、女であることに、何となく奇異な感じを持ったが、素行調査には、女性の方が、適していると、聞かされると、そうかも知れないと、考えるようになった。

私は、調査の理由を、くどくどと、訊かれるのではないかと、心配していたが、その危《き》惧《ぐ》は、当たっていなかった。相手は、妻の名前、年齢などを、訊いてから、写真があったら貸して貰えないかと、いった。私は用意して来た妻の写真を、相手に、渡した。

「最近の妻の行動、とくに、四日前のことを詳しく調べて欲しい」

と、私は、いった。相手は、四日もあれば調べられるでしょうと、約束してくれた。料金は、一日について、五千円であった。四日間で二万円。安くはない金額だったが、私は、黙って、払った。

私は、打つべき手を、打ってから、平常どおり、会社へ出勤した。何事もなく、一日、二日と、経《た》っていった。私は、自然に用心深くなってしまっていて、ラッシュアワーの時には、ホームの、後の方にいるように努めたし、梯子酒《はしござけ》をして、泥酔することも、慎《つつし》んだ。そのせいか、どうかわからないが、私の上に、何事も起きずに、日時が、経過した。

四日目に、私は、N探偵社に、寄ってみた。私が、調査を依頼した、女の調査員は、他の調査で、出掛けていたが、報告書は、既に出来上がっていた。私は、近くの喫茶店に入って、タイプ印刷された数ページの報告書に、眼を通した。


ご依頼の件につき、ご報告致します。田島《たじま》富子さんは、貞淑《ていしゅく》な、奥様のように、見受けられます。調査した結果では、ご主人の他に、男の存在は、確認されません。ここ数日の行動ですが、特別に、外出されたことは、ありません。訪問客は、親戚《しんせき》の高木良《たかぎりよう》子《こ》が、十一月二十一日に、訪ねて来ただけであります。彼女については、よくご存じのことと思いますので、省略致します。
十一月二十二日の、田島富子さんの行動は次のとおりです。
午後四時―近くのマーケットに、夕食の買い物に出かける。帰宅五時頃（マーケットで近所の吉村貞子《よしむらさだこ》に会う。確認済）
午後五時～八時―自宅で、テレビを見る（確認は出来ませんが灯《あかり》の点《つ》いていたことは、近所の人が、見ております）
午後八時―都電通りの、樫村《かしむら》薬局で、風邪《かぜ》薬を買う（これは薬局の主人に会い、確認しました）
午前二時（二十三日）―電話で、ハイヤーを呼び、病院へ向かう（確認）
以上の通りであります。したがって、二十二日は、特に、外出はしなかったと、考えてよいと、思います。

報告書は、まだ続いていたが、私は、読むのを止めて、ポケットに、しまった。どうやら、事件の日に、妻は、電話で、私の事故を知るまでは、家にいたらしい。そのことさえわかれば、あとは、問題では、なかった。とにかく、妻は、私を、殺そうとは、しなかったのだ。

その夜、私は、かつてないほどの強さで、妻を求めた。罪滅ぼしの気持ちも、手伝っていたのかも知れない。何も知らない妻は戸惑いながらも、息を弾《はず》ませて、私に応じた。妻を、可愛いと、思ったのは、この時が、初めてだった。

7

妻の富子が、シロとなると、残るのは、業務課長の、山田信介と、販売係長の朝日奈徳助の、いずれかということになる。あるいは、二人が、共謀して、私を、消そうとしたことも、考えられなくは、ないのである。

私は、いらいらしながら、安藤の報告を待った。会社では、わざと、安藤には、近づかないようにしているのだが、それでも、焦燥《しょうそう》に、駆られて、つい、彼の顔に、眼が走ってしまう。しかし、調査が、進まないと、みえて、安藤は、なかなか、私に、報告を、持って、来なかった。こちらから、督促《とくそく》出来ることでもないので、待つより仕方がない。

私は、落ち着かない気持ちで、安藤の報告を待った。勿論、その間にも、私は、私で、それとなく、山田信介や、朝日奈徳助の様子を、観察はしていた。

朝日奈は、相変わらず、私に対して、卑屈であった。販売係長の地位で、満足しているようにも見えるときがあるが、私は、欺《だま》されるなと、自分にいい聞かせた。地位や名誉に執着を持たない人間は、いない筈だし、卑屈さは、往々《おうおう》にして傲慢《ごうまん》さの、裏返しであることが、多いからである。

私は、一緒に、飲みに行かないかねと、朝日奈を、誘ってみた。彼が、飲めるかどうか知りたかったからだが、彼は「私は、アルコールは苦手ですから」と断った。勿論、私は、信用しなかった。

山田信介は、相変わらず、野心満々の顔をしている。部長の椅子への執着は、ますます強まっているように見えた。彼なら、私を殺すことぐらい、しかねなかった。

安藤に、調査を依頼してから、七日目の午後である。

私の机の電話が、鳴った。受話器を摑むと、安藤の声が、聞こえた。時計を見ると、三時の休憩時間である。

「外に出て、そこから、掛けているんです」

と、安藤は、いった。私は、営業課に、誰も、いないのを確かめてから、

「わかったのか？」

と、訊いた。

「だいたいのところは、わかりました」

「それで、業務課長と、販売係長の、どっちが、臭い?」

「電話では、ちょっと——」

安藤は、低い声になって、いった。

「それも、そうだな」

私も、頷いた。喋《しゃべ》っている最中に、誰かが部屋に入ってくる心配も、あった。

「明日の日曜日に、お会い出来ませんか?」

と、安藤がいった。私は予定表を見た。

「私は、いいが——」

「釣りは、お好きですか?」

「まあね」

「それなら、S川で、お会いしましょう。釣りに来て、偶然、会ったことにすれば、誰もあやしまんでしょう」

「そうだな」

私は、ちょっと考えてから、行くことを、約束して、電話を、切った。

翌日の日曜日は、どんより曇っていて、薄寒い日だった。どう、考えても、釣り日和《びより》とはいえなかったが、釣りが目的ではない私は、道具を持って、家を出た。勿論、妻には、釣りに行くとしか、いわなかった。

S川は、東京と、埼玉の境《さかい》を流れる川で、その流域は、まだ野趣を残している。私が、約束の場所に着いたとき、安藤は、先に来て、釣り糸を垂れていた。

私は並んで、草藪《くさやぶ》に腰を下ろすと、釣り糸を垂れた。静かだった。人の気配もない。秘密の話を聞くには、恰好《かっこう》の場所のように、思えた。

「調べた結果を、聞かせてくれないか?」

と、私は、浮木を見ながら、いった。

「朝日奈徳助の方から、話します」

安藤は、乾いた声で、いった。

「彼は、本当に、酒が、飲めません。匂《にお》いを嗅《か》いだだけで、赤くなってしまう口です。それに、十一月二十二日には、会社から、真っすぐ家に帰っています。彼は、見かけどおりの、小心な男です。課長を殺すような勇気の持ち主じゃありません。係長の椅子を、ごしよう大事に、守っていくような人間です」

「朝日奈でないとすると、業務課長の、山田信介ということになるな?」

「彼は、酒が、強いですよ」

「そんなことだろうと、思った」

「それに、課長も、ご存じのように、野心家です」

「そのことは、私も、知っている。部長の椅子を、狙っていることも、知っているのだ。そのためには、私が、邪魔なこともね。やはり、私を殺そうとしたのは、奴だったのか？」

「残念ながら、違います」

「違う？」

「十一月二十二日には、アリバイが、あります。あの夜、業務課長は、F玩具《がんぐ》の社長と、築地《つきじ》の料亭で、飲んでいるんです。課長も、ご存じの『菊乃《きくの》』という料亭です。ここを出たのが、十一時。車で、家まで送られています。調べたのですから、間違いありません」

「しかし、朝日奈でも、山田信介でもないとすると、私を殺そうとしたのは、一体、誰なんだ？」

私は、怒鳴るように、いったが、そのとき、一人、肝心《かんじん》な人間を忘れていたことに気づいた。タイピストの松山弘子である。私は、遊びのつもりで、つき合っていたのだが、彼女の方では、案外、真剣だったのかも知れない。若い女の気持ちというものはわからない。もしかすると、彼女は、私が、妻と別れることを、期待していたのかも知れない。もし、そうだと、したら——

「あの女か」

と、私は、声に出して、いった。

「誰です?」

「いや――」

私は、言葉を濁した。松山弘子との関係は、安藤にも、知られたくなかったからである。しかし、意外なことに、安藤は、にやッと笑うと、

「タイピストの、松山弘子のことですか?」

と、私の顔を、覗き込むようにいった。私は愕然《がくぜん》とした。

「何で、彼女のことを、知ってるんだ?」

「何となく――」

と、安藤は、言葉を濁したが、私は、松山弘子が、彼に喋ったのではないかと、思った。他に、考えようがない。あるいは、彼女と、ホテルに、入るところを、安藤に見られたのかも知れない。いずれにしろ、私は、苦いものが、こみあげてくるのを感じた。安藤に弱味を、握られたことになるからである。単なる忠実な犬だと思っていたのだが、安藤という男は、案外、油断のならない男かも、知れない。

私は、黙って、安藤を睨んだ。誰にも、松山弘子のことを、喋るなと、言外に、匂わせ

た積りだったが、彼は、別なことをいった。

「松山弘子は、違いますよ」

と、安藤は、いった。

「違う？　何のことだね？」

「課長が、彼女を疑っているのなら、違うということです。松山弘子は、課長を、殺そうとした人間じゃありませんよ。彼女の気持ちは、それほど、真剣な気持ちでいるとは、思えません。それに、もっと、ドライです。得にならないことは、しない筈です」

「松山弘子のことを、随分《ずいぶん》、よく知っているじゃないか」

私は、皮肉を籠《こ》めていったが、安藤の表情は変わらなかった。

「二、三度、つき合ったことがあるんです」

「そうか――」

私は、何となく、気勢が、削《そ》がれるのを感じた。苦笑せざるを得なかった。松山弘子が自分に夢中だと、信じていたのだが、どうやら、私の自惚《うぬぼ》れだったらしい。彼女の方でも、適当に、やっていたらしい。

「しかし、松山弘子が、完全に、シロとは、わからないだろう？」

「彼女は、シロですよ」

「調べたのか？」

「調べませんが、僕には、わかるんです。彼女は、犯人じゃありませんよ。課長を殺そうとした男は別に、いますよ」

「男――？」

私は、訊き咎《とが》めて、安藤を、見た。

「何故、私を殺そうとした人間が、男だと、わかるんだ？　女かも、知れんじゃないか？」

「男です。間違いありません」

「何故、男だとわかる」

「課長を殺そうとしたのが、僕だからですよ」

8

私は、ぼんやりと、横に腰を下ろしている安藤の顔を見た。彼の顔が、ひどく、固く見えた。

私には、彼が、何をいったのか、咄嗟には、わからなかった。

「君が――私を？」

私は、訊いた。

「そうです。僕が、犯人ですよ」

安藤は、ひどく、落ち着いた声で、いった。が、私には、まだ彼の言葉が、信じられなかった。安藤が、下手《へた》な冗談を、いっているのだろうという気持ちが、あったからである。

「下手な冗談は、止めてくれ、私は、真剣なんだ」

「冗談をいってるわけじゃありません。僕は真面目《まじめ》ですよ」

「真面目？　本当に、君が、私を殺そうとしたのか？」

「僕が、殺そうとしたんですよ」

安藤は、冷静な口調で、繰り返した。やっと、私にも、彼の言葉が、嘘でも、冗談でもないことが、わかってきた。驚きとも当惑ともつかぬ気持ちが、私を襲ったが、不安や、恐怖は、まだ湧《わ》いて来なかった。安藤には、私を殺す理由がない筈だからである。私を殺して、彼に、どんな得があるのか。

「驚いていますね」

安藤は、笑った。

「僕の言葉が、そんなに意外ですか？　僕を、単なる忠実な飼犬だと、思っていたんですか？」

「何故、君は、私を殺す必要があるんだ？」

「動機ですか？」

「朝日奈か、山田に、私を殺すように、頼まれたのか？」

「違いますよ。僕は、自分の意志で、課長を殺そうとしたんです、他人《ひと》の意志で動くのは、嫌になりましたからね」

「それなら、理由は、何だ？　私を殺しても、一文の得にもならない筈だ」

「誰もが、そう思うでしょうね。それが、僕の狙いだった。課長を殺しても、僕は、疑われずに、済む」

「ただ、楽しむために、私を殺そうとしたのか？」

「それほど、僕は、閑人《ひまじん》じゃありませんよ。課長が、死ねば、僕が、得をするからです」

「私が死ぬことが、何故、君の得になる？」

「わかりませんか？」

安藤は、また、にやッと、笑った。

「課長が、いなくなれば、販売係長の朝日奈徳助が、課長になる。そうなれば、係長の椅子が空《あ》く。僕が、その椅子に、つけると、いうわけです。僕は、平社員で、あることに、あきあきして来たんです。結婚も、出来ませんからね。ところが、係長の朝日奈は、無気力で、自分から、課長の椅子を狙う、ファイトを持っていない。係長の椅子に、れんれんとしている。彼が出世してくれない限り、僕はいつまでたっても平社員で、いなけりゃならない。だから、強制的に、奴を、押し出してやろうと、思ったんです」

「それなら、何故、朝日奈徳助を、殺さないんだ？」

「馬鹿なことは、いわんで下さい。彼を殺したら、次席の僕が真っ先に疑われてしまう。貴方なら、僕は、疑われない。疑われるのは、業務課長か、朝日奈ですからね。僕には、動機がないからです。そのくせ、トコロテン式に、僕は、係長の椅子を摑むことが出来る」

「三年待てば、私は、営業部長になる。そうすれば、君のいうトコロテン式で係長の椅子につけるじゃないか？」

「三年は、長過ぎますよ」

安藤は、吐き出すように、いった。

「それに、部長の椅子が空いても、貴方が、その椅子につくとは、限っていない。業務課長の山田信介が、部長になるかも知れない。そうなったら、朝日奈も、販売係長のままだし、僕も平社員のままで、我慢しなければならない。次席などというのは、肩書だけで平社員と同じですからね。僕は、三年後の、あやふやな希望よりも、現在の確実な賭《かけ》の方に、魅力が、あったんですよ。貴方が死ねば、僕は、確実に、係長になれる」

「――」

どす黒い恐怖が、初めて、私を捕えた。安藤の論理は、めちゃめちゃだが、彼の殺意だけは、本物だと、感じたからである。私は、その場から、逃げようとしたが、その鼻先に、安藤は、ナイフを、突きつけた。私は、背筋に、冷たいものが走るのを感じ、足が、すくんだ。

「君は――？」

と、いったが、あとは、声にならない。安藤は、口元を歪めた。

「そうですよ」

と、彼は、いった。

「貴方を殺すために、此処《ここ》へ、呼んだんです。此処なら、誰も来ない。誰にも見られずに、貴方を殺すことが出来る」

「しかし、私の妻は、君と、S川に来たことを知っているぞ」

「下手な嘘は、止めて下さいよ」

安藤は、にやにや笑い出した。

「貴方は、今度のことは、誰にも内緒で、調べようと思っていた。その貴方が、奥さんに、僕と会うことを、話す筈がない」

「――――」

私は、黙ってしまった。安藤の、いうことが、図星《ずぼし》だったからである。

しかし、私は、助かりたかった。こんな男に、殺されては、堪《たま》らない。

「しかし、警察が、調べたら――」

「僕には、動機が、ありませんよ。アリバイですか? 今日は僕は、ある女のところに、いることになっているんです。松山弘子じゃありません。別の女です。僕が係長になったら、結婚する筈の女ですよ。僕は、絶対、安全なんです。貴方は、ひとりで、釣りに来て、この辺りの不良に刺されて死んだんです」

「待ってくれ」

「駄目です」

安藤は、冷酷な、いい方をした。私は、悲鳴を、あげようとしたが、声にならない。安藤の顔が、急に、兇悪さを増した。

私は、観念した。

「馬鹿な真似は、止めるんだ」

ふいに、太い声が、した。

私が、いったのではない。勿論、安藤が、そんなことを、いう筈がない。

「止めろ」

今度は、怒鳴りつけるような声になった。私は、眼の前の安藤の顔が、醜《みにく》く、引きつるのを見た。

彼は、ひどく、のろのろと、手にしたナイフを、草の上に、捨てた。

私は、自分の背後に、人の気配を感じて、ふり返った。救い主は、難しい顔で、突っ立っていた。その顔に、私は、記憶があった。

病院で、私を、訊問した、木崎という刑事である。

「大丈夫ですか？」

と、刑事は、私に、いった。

「調べてみて、貴方が、本当に狙われたことがわかった。だから尾行することにしたのです。貴方を狙った犯人は、必ず、もう一度、貴方を殺そうとする筈だと、思いましたからね」

私は、安藤を見た。

もう一人の、背の低い刑事が、手錠をかけて、彼を、立ち上がらせようとしているところだった。

死者の告発

1

受話器を取るなり、山野《やまの》が、

「美和子《みわこ》か？」

と、妻の名を口にしたのは、東京からの電話と聞いたからである。

時計は、既に十時を指している。こんな時間に、出張先の山野に電話を掛けてくるのは、妻の美和子以外には考えられない。

山野は、新婚二ヶ月である。「新婚早々の君には、申しわけないんだが」と、済まなそうに、新潟出張を命じた課長の顔が、頭に浮かぶ。

美和子も、やはり寂しいんだなと、受話器を握ったまま、山野は、にやりと笑ったが、電話を伝わって来た声は、美和子のものではなかった。低い男の声である。聞き憶《おぼ》えのない声だった。

「山野哲二《てつじ》さんですね？」

妙に押しつけるような、いい方だった。山野は、寝ようとしていたところを妨《さまた》げられた腹立たしさに、

「そうですよ」

と、ぞんざいな口調で、いった。

「本当に、山野さんですね?」

相手は、もう一度、念を押してから、

「私は、警察の者ですが――」

と、初めて、身分を明かした。

「警察?」

山野は、場違いな言葉を聞かされたように、眉《まゆ》をしかめた。

「警察が、僕に何の用ですか?」

「失礼ですが、奥さんの名前は、山野美和子さんですね」

相手が、低い声で、訊《き》き返して来た。

「そうです」

と、山野は、答えてから、急に不安になった。

「美和子が、どうかしたんですか?」

声が震《ふる》えた。

「お気の毒ですが、奥さんは、亡くなられました」

電話の声は、新聞記事でも読むように、無表情にいった。

「死んだ？　馬鹿なッ」

山野は、送話口に向かって、怒鳴った。今朝、上野《うえの》駅で、笑顔で見送ってくれた美和子である。

「お土産《みやげ》を買って来て」と、甘えるようにいった声は、まだ耳に残っている。

十何時間か前には、生きて、ぴんぴんして、山野の前に立っていたのだ。

その美和子が死んで堪《たま》るか。そんなことが、信じられるというのか？

「本当なのですよ」

相手の声は、あくまでも冷静だった。

「奥さんは、一時間前に、死体で発見されました。それに、殺人の疑いがあるのです。それで、ご主人にも仕事が終わり次第、東京に戻って来て頂きたいのです。いろいろと、お訊きしたいことがありますので」

「本当に、死んだんですか——？」

「残念ながら、本当です」

電話の声は、あくまでも冷静だった。

「捜査の都合がありますから、一刻も早く、帰京して下さい」

「──」

山野は、黙って、受話器を置いた。胸の中で、何かが、音を立てて崩れて行くような気がした。

（美和子が、死んだ──）

山野は、その言葉を、胸の中で、呟《つぶや》いてみる。一ケ月前、山野は、美和子と、永遠の愛を誓って結婚した。子供は三人がいいとか、最初の子供は、女の子がいいとか、楽しい生活設計を語り合ったのは、つい昨日のことだったのだ。あの、満ち足りた幸福が、こんなにも早く、こんなにも脆《もろ》く崩れ去ってしまうのだろうか。これで、いいのだろうか。

2

翌朝、上野駅に着いた山野は、駅の売店で新聞を買った。

昨夜、周章《あわ》ただしく宿を引き払うと、その日の夜行に乗ったのだが、列車に揺られている間、電話の言葉を信じる気持ちと、否定したい気持ちが、相剋《そうこく》していた。嘘であって欲しいと思いながら、警察官の冷静な口調を考えると、どうしようもない事実なのだと思えてくる。

山野は列車の中で、一睡もできなかった。

彼は、朱《あか》く充血した眼で、買い求めた新聞を開いた。記事のないことを念じながら。

しかし、否応《いやおう》なしに、その記事は、山野の眼に飛び込んで来た。

〈河原に、人妻の惨殺死体〉

そんな、センセーショナルな活字が並んでいるのだ。記事の上に、河原の写真と美和子の写真が並んでいた。間違いなく、美和子の写真なのだ。

山野は、むさぼるように、記事を読んだ。

〈十六日午後七時二十分ごろ、農業村田徳助《むらたとくすけ》さん（五七）が、近くの多摩《たま》川の河原を通り過ぎた時、若い女の死体が、俯伏《うつぶ》せに倒れているのを発見して、玉川《たまがわ》警察署に届け出た。この女性は、所持していた運転免許証から、新宿区四谷《よつや》……町……番地『平和荘《へいわそう》』に住む、山野美和子さん（二二）と判明した。美和子さんは、後頭部を、鈍器のようなもので殴られており、これが致命傷と考えられている。また、顔にも殴られた跡があり、所持金が盗まれていないことから、怨恨《えんこん》による殺人とも考えられている。なお、美

和子さんは、二ヶ月前に、結婚したばかりで――〉

山野は、新聞から眼を離した。美和子と一緒に、運転免許証を取るために、教習所へ通ったことが思い出された。

山野の方は、仕事の忙しさにかまけて、教習所通いも、おこたりがちで、とうとう免許を取るまでに到らなかった。美和子は、中古車でも買えるようになったら、今度は、あたしが、貴方《あなた》に教えてあげると、張り切っていたのだが、その夢も実現しないうちに、彼女は死んでしまった。

山野は、新聞を上衣のポケットに突っ込むと、その足で、玉川署に向かった。

玉川署は、大井町《おおいまち》線「等々力《とどろき》駅」から、歩いて、数分の所にある。入って行くと「若妻殺人事件捜査本部」と書かれた、大きな貼紙《はりがみ》が、眼についた。「若妻」という言葉が、山野の心を更《さら》に痛くさせた。

警官達は、山野を待ち受けていた。電話を掛けたという、四十歳ぐらいの痩《や》せた刑事が、山野に椅子を勧めた。田島《たじま》という刑事である。面と向かって見ると、電話で感じたような非情な雰囲気は、持っていなかった。

「どうも、大変なことで――」

と、田島刑事はいった。山野は、黙っていた。他人に、この悲しみがわかって堪るものかと、思ったからである。

「念のために、死体を確認して頂きたいと思いますが」

「ええ」

山野は、田島刑事に促《うなが》されて、その部屋を出た。万一の僥倖《ぎょうこう》を願う気持ちが、頭をもたげたが、薄暗い地下室に横たえられてあった死体は、やはり美和子であった。

山野との婚約中に買った黒のツーピースを着て、彼女は死んでいた。昨日上野駅に、彼を見送りに来た時も、この服を着ていたのである。彼女の一番好きな外出着であった。

山野は、また、上の部屋に戻った。顔が、一層、青ざめていた。妻の死が、どうしようもない重さで、彼に、のしかかってくるからである。

「ところで、何か、心当たりのようなものは、ありませんか?」

田島刑事が、お茶を一口飲んでから、山野に訊いた。

「心当たりって、何のことですか?」

山野は、固い声で訊き返した。

「つまり、奥さんが人から恨みを受けるような事情があったかどうかと、いうことなんですが――」

「馬鹿馬鹿しい」

山野は、吐き出すようにいった。

「美和子は、優しい心の持ち主です。人から恨みを受ける筈《はず》がありません。僕たちの結婚にしても、みんなに祝福されて、結婚したんです」

「しかし、我々としては怨恨による殺人と考えているのです」

刑事は、椅子から立ち上がると、風呂敷《ふろしき》に包んだ品物を持って来て、山野の前に置いた。中身は、ハンドバッグと時計だった。

「これは、奥さんのものですね？」

「そうです。時計は、結婚前に、誕生日に贈ったものです」

「この時計も、ハンドバッグの中の現金二千六百円も、盗まれていなかったのです。流しの物盗《ものと》りの犯行なら、当然、盗まれていなければならんところです」

「しかし――」

「この辺りに、親戚《しんせき》なり、知人の方なりが、住んでいるのですか？」

田島刑事は、窓から、外を見て訊いた。

「いや、いない筈です」

と、山野はいった。新聞を見た時から、彼には、そのことが不審でならなかったのである。美和子の親戚にも、この辺りに住む人はいなかった筈である。また、二人で多摩川に遊んだ記憶もない。何故《なぜ》、美和子は、河原で殺されたのだろうか。何故、こんな場所へ来たのだろうか？

「美和子は、犯人に無理矢理、連れて来られたんじゃないんでしょうか？」

他に考えようもなくて、山野は、そういったのだが、この質問には、あっさり否定されてしまった。

「二子玉川園《ふたこたまがわえん》の駅員が、奥さんを目撃しているのです。昨日の午後三時頃、奥さんは一人で、改札口を通り、多摩川の方に向かって歩いて行ったというのです。その時刻は、乗客も少ない上に、美しい女性だったので、はっきり憶えていると、駅員は、いっていました」

「――――」

「奥さんは、結婚する前に、貴方以外に、男友だちのようなものは、ありませんでしたか？」

「なかったと思います――」

山野の語尾が、多少、曖昧《あいまい》になった。美和子は、本当に好きになったのは、貴方だけと、いっていたし、山野も、その言葉を信じていたが、美和子の美しさを考えれば、何人か、男友だちが、いたかも知れない。美和子の方では、何とも思っていなくとも、男の方で彼女を好きだったという場合は、考えられる。そうした男がいたとしたら、その男にとって山野と美和子の結婚は、ショックだったに違いない。しかし、恨むのなら、美和子を妻にした山野を恨むのが本当ではないか。

「何故、美和子が殺されなければ、ならないのだろう？」

山野は、そう思う。

「Sという頭文字の男に、心当たりはありませんか？」

田島刑事が、ふいに訊いた。

3

「エス——？」

「そうです。Sです」

田島刑事は、机の上に、太い指で、Sの字を書いて見せた。

「奥さんの死体が発見された時、河原の土の上に、Sの字が残されていたのです。右手の指に、泥がこびりついていたので、奥さんが、息を引き取る間際に、書き残したものと、思われるのです」

田島刑事は、一枚の写真を取り出して、山野に見せた。土の上に刻みつけたSの文字が、浮き出たように、写っていた。

山野は、黙って、長い間、その写真を眺めていた。美和子が最後に残した言葉である。最後に、

(美和子は、一体、何がいいたかったのか?)

しかし、その写真からは、何もわからなかった。

「最初は、奥さんが、ご主人である貴方に、何か、語りかけようと、したのかと考えてみました」

田島刑事がいった。

「しかし、貴方は、山野哲二でイニシャルは、Sではない。したがって、奥さんは、犯人の名前を、書き残そうとしたのだと、考えたわけです。Sで始まる名前は、いろいろあります。鈴木《すずき》、斎藤《さいとう》、園田《そのだ》、佐伯《さえき》、佐野《さの》、こうした中に、心当たりの人はいませんか?」

「――――」

山野は、黙って考え込んだ。山野と美和子は、職場結婚だから、友人、知人といえば、共通した人が多い。その中の何人かは、イニシャルが、Sの名前であった。

「美和子を殺したのは、男なんですか？　それとも女なんですか？」

山野が訊いた。

「男と、見ています」

「何故、男と？」

「貴方は、アパートに寄らずに、こちらへ見えたのですか？」

「そうです」

「アパートの管理人の話では、昨日、若い男の声で奥さんに電話が掛かって来たというのです。時間は、昼頃。奥さんは、その電話があってすぐ外出したということですから、多摩川で、電話の男と、会ったと、我々は考えているのです。残念ながら、電話の内容は、わかりませんが」

「美和子が、若い男と会った――」

山野にとって、新しいショックであった。昼頃といえば、上野に、彼を送って、アパートに帰った頃である。電話に呼び出されて、多摩川まで出掛けて行ったことが、二人の仲の尋常でなかったことを暗示しているように思えて、山野は暗澹《あんたん》とした表情になった。

（美和子には、秘密があったのだろうか？）

考えたくないことだが、否応なしに、暗い想像に彼を走らせてしまうのである。

「先刻《さっき》の話ですが」

刑事は、語調を変えずに、いった。

「Sの頭文字の男の名前を、何人か、あげて貰《もら》えませんか?」

「ええ」

山野は、ぼんやりした声でいった。彼は、刑事が差し出した紙に、思い出すままに、名前を書きつづけた。

鈴木晋一《しんいち》

佐々木努《ささきつとむ》

斉藤明彦《さいとうあきひこ》

三枝徳一郎《さえぐさとくいちろう》

田島刑事は、四人のその名前を、声を出して、いってから、

「これだけですか?」

と、訊いた。

「今、思いだすのは、この四人です。同じ会社の同僚です」

「よろしい。一応、調べてみましょう」

田島刑事は、紙片をポケットに納《しま》っていった。

4

午後になって、山野は、アパートに戻った。

ドアを閉め、部屋に、ひとりきりになった時、改めて、妻を失った悲しみが、山野の胸を捕らえた。狭さをこぼしていた一間の部屋が、今は、ひどく、がらんとして、寒々としたものに見えてならなかった。本当なら、今頃《いまごろ》は、妻と一緒に、新潟の土産話をしている筈なのだ。

山野は、何もする気になれず、座蒲団《ざぶとん》の上に、寝転ぶと、ぼんやり天井を見上げた。若い男に、妻が誘い出されたという、田島刑事の話は、信じたくなかった。そんな筈はないと思うのだ。自分の他に、男がいたなどとは、どうしても、思いたくない。

しかし、刑事が、嘘をいう筈もなかった。アパートに戻って来た時、管理人に尋ねてみたが、確かに、昨日の昼頃、若い男の声で電話があったというのである。

「電話があった後、奥さんは、ひどく嬉《うれ》しそうな顔をして、出て行かれたんですがねえ」

と、管理人はいった。管理人にしてみれば、つい口が滑《すべ》ってしまったんだろうが「嬉しそうな顔をして――」という言葉が、山野の耳に痛かった。管理人の言葉が本当なら、間違いなく、美和子は、男に会いに行ったことになる。しかも、夫を出張で送り出したその日に、男と会っているのだ。

(そんな筈はない)

と、思う。二ヶ月の結婚生活を考えてみても、妻は、そんな不貞を犯すような女ではなかった。むしろ、古風なくらい、貞淑な女だったと、山野は思う。

(何かがあるのだ。何か、妙なカラクリがあって、妻は、そのカラクリに殺されたに決まっている)

山野は、そう考えたかった。しかし、そのカラクリが、果たして何かということになると、彼には、丸っきり見当がつかなかった。

その謎《なぞ》を解く鍵《かぎ》になりそうなものといえば、妻が死にぎわに土に残したという「S」のイニシャルしかない。

田島という刑事は「S」が、犯人の頭文字だろうといった。

山野にも他には、考えようがなかった。美和子が、死ぬまぎわに、犯人の名前を、知らせたいと思ったのなら、山野も、それを知りたい、知って、美和子の敵《かたき》をうってやりたい。

山野は、刑事に教えた四人の名前を思い浮かべた。あの中に、美和子を殺した犯人が、いるのだろうか？

いそうにないと思う。鈴木晋一にしろ、斉藤明彦にしろ、山野と美和子の結婚を、心から祝福してくれた同僚である。あとの佐々木努と、三枝徳一郎の二人は、既に結婚し、家庭を持っている。殺人のような恐ろしい罪を犯す気がないと思うのである。しかも、昨日は、月曜日で、会社は、休みではない。会社を休んで、美和子を誘い出したりしたら、たちまち、そのことで、足がついてしまうだろう。そんな馬鹿なことをする人間にも、見えなかった。

こうした、山野の推測は、どうやら、正しかったようである。その夜遅く、アパートに、田島刑事が訪ねて来て、四人には、アリバイが、成立したと、告げたからである。

「昨日は、四人とも、会社に出勤しています」

と田島刑事は、いった。

「退社が五時。奥さんの死亡時刻が、四時から五時までの間ですから、四人には、アリバイがあります」

「僕も、そうだろうと思っていました。あの四人は、人殺しをするような人間じゃありません」

「他に、Sで始まる男の名前を知りませんか?」

田島刑事は、部屋の中を見廻《みまわ》しながら、訊いた。

「姓の方ではなくて、名前が、Sで始まっても構わんですが」

「ちょっと待って下さい」

山野は、机の引出しから、会社の職員録を持ち出して来た。拡げて、名前の方が、Sのイニシャルになる男を探してみた。

山野が知っている男が、三人いた。三人とも、結婚式に来てくれた同僚である。

中山三郎《なかやまさぶろう》
西丸茂男《にしまるしげお》
岡本真二郎《おかもとしんじろう》
「この三人が、美和子を殺すなんて、到底、考えられませんが」

山野は、正直なところをいった。この中に、美和子を好きだった男がいるかもしれない。しかし、結婚式の時には、心から祝福してくれたのだ。あれが、嘘とは思いたくない。

「とにかく、調べてからのことです」

田島刑事は、冷静な調子でいい、三人の名前を、手帳に書き取った。

「この他には？」

「今のところ、思い出せません」

「奥さんが、最近、何か悩んでいたというようなことは、ありませんでしたか」

「そんなことは、ありません」

「誰かに、脅迫されていたというようなことは？」

「とんでもない」

山野は、激しい調子でいった。刑事の言葉が、死者に鞭打《むちう》つように聞こえたからである。

「美和子は、幸福でした」

山野は、自分に、いい聞かせる調子でいった。美和子は、幸福だったのだ。だから、美和子が、他の男と親しくしていた筈がない。それは、山野の願いのようなものだった。

（だが、現実に、美和子は殺された。しかも若い男に、電話で呼び出されて――）

「本当です」

と山野はいった。

「美和子は、幸福でした」

5

翌日。

山野は、出勤する気になれず、欠勤届を会社に出して、一日中、アパートに籠《こ》もっていた。何かと考えなければならないと思うのだが、何を考えたらいいのか、山野には、わからないのだ。失ってみて、美和子の素晴らしさが、改めて、わかったような感じだった。彼女がいなければ、何にも出来ないみたいだと思う。

午後になって、また、田島刑事が訪ねて来た。

「あの三人にもアリバイがありましたよ」

と、刑事はいった。別に悲観しているようには見えなかった。刑事の生活では、一度や二度の失敗は、失敗のうちに入らないのかも知れない。

「そんなことだろうと、思っていました」

と、山野はいった。

「僕の同僚に、美和子を殺すような人間がいるとは、思えないんです」

「しかし、誰かが、奥さんを殺したんですよ」

田島刑事は、難しい顔でいった。

「それも、奥さんを、電話で呼び出せるほど親しい人間と見なければ、ならない。見ず知らずの人間が、電話をかけて来ても、わざわざ多摩川まで出掛けて行く筈もないでしょうからね」

「美和子は、そんな女じゃありません」

「私も、そう思いますよ」

と、田島刑事は、頷《うなず》いて見せた。

「貴方の同僚の方にも、いろいろ聞いてみましたが、奥さんは、しっかりした人だったらしい。それだけに、犯人は、顔見知りの人間と思うのですがね？」

「しかし、Sで始まる名前は、あの七人以外には、思い出せませんよ」

「そのSのイニシャルのことですがね」

田島刑事は、改まった口調で、いった。

「もしかすると、それは、犯人の名前を示したものでは、ないのかも知れない」

「何ですって？」

「奥さんは、英語が得意でしたか？　つまり、ひんぱんに、英語を使う方だったかどうかということですが」

「例えば？」

「例えば、砂糖のことを、シュガーといったり、牛乳のことを、ミルクというような、つまり、英語を、よく使う癖《くせ》があったかということです」

「そんなことは、なかったと思います。自分で、語学は得意じゃないといっていたし、必要以上に、外国語を使うことを嫌がっていました」

「嫌がっていたというのは？」

「喫茶店なんかで、コーヒーを注文するとウエイトレスが、ホットにするか、アイスにするかと訊くでしょう。ああいうのは嫌いだといっていたんです。日本人なんだから、日本語で、いって貰いたいといってましたよ」

「成る程」

刑事は頷いたが、軽い失望の色が、彼の顔に浮かんだ。

「それでは、考えを変えなければならないですな。もし、奥さんが、外国語に堪能《たんのう》だったのなら、Ｓが、人名ではなく、何か英語の単語を書こうとしたのではないかと、思ったんですが」

「例えば、どんなですか？」

「犯人が、セールスマンだったら、英語で Salesman と書こうとしたのではないかということですが」

「違いますね」

と、山野はいった。

「美和子が、セールスマンと書きたかったのなら、英語でなく、片仮名で、セールスマンと書く筈です」

「そうですか。とすると、やはり、犯人の名前のイニシャルということになりますね」

最後は、ひとりごとのように、刑事はいった。困ったなという表情になっていた。

「本当に、あの七人以外に、Sのイニシャルのつく人間を知りませんか？」

「思い出せません」

山野は、暗い声でいった。

田島刑事は、何か気がついたことがあったら、捜査本部に電話して欲しいと、いい残して、帰って行った。

山野は、また、ひとりになった。悲しみが、どうやら、静まると、今度は、美和子を殺した人間に対する憎しみが、胸一杯に、湧《わ》き上がってくるのを感じた。

（どんなことをしても、犯人を見つけ出してやりたい）

山野は、宙を睨《にら》んだ。しかし、犯人の手掛かりといえば、美和子が、土の上に書き残した「S」の文字しかない。一体、美和子は、何を、いいたかったのだ？　それを知りたい。

考え続けて、それに疲れて、山野は、しばらくの間、うとうとした。

浅い眠りの中で、妙な夢を見た。「S」の字に悩まされる夢だった。天井にも、壁にも、床の上にも、いたる所に、Sが、書き込まれている。そんな部屋に、山野は閉じ込められる夢であった。

管理人の声で、山野は、夢からさめた。起き上がって、時計を見た。六時に近く、窓の外には、夕闇《ゆうやみ》が迫っていた。

「山野さん」

と、ドアの外で、また、管理人の声がした。山野は、ドアを開けた。

「電話ですよ。山野さん」

「僕に？」

「それが、奥さんになんです」

「美和子に？」

山野は、眼を剝《む》いた。

6

「そうなんです」

と、管理人は、白茶けた顔で頷いた。

「山野美和子さんを、呼んで欲しいと、いうんです。よっぽど電話を切ろうかと思ったんですが、今度の事件に関係があるんじゃないかと思って」

「若い男ですか？　電話の相手は？」

「いえ、女の人です」

「女？」

山野は、ちょっと、拍子抜《ひようしぬ》けした感じだったが、電話に出てみる気になった。何か摑《つか》めるかも知れないと、思ったからである。

電話は、管理人室の傍《そば》にある。山野は、緊張した顔で、受話器を摑んだ。

「山野美和子さんですの？」

女の声がいった。聞き憶《おぼ》えのない声だった。

「いえ、美和子は、今、ちょっと――」

「ああ、ご主人ですのね」

女の声がかすかに笑った。

「そうです」

「ご主人でも構いませんわ。奥さんが、新聞にお出しになった便りのことなんですけど」

「美和子が、新聞に?」

山野には、何のことか、さっぱりわからなかった。

「ええ。ご主人は、ご存知じゃなかったんですか」

「はあ。何のことか、教えて頂けませんか?」

「東日《とうにち》新聞の夕刊ですのよ。あれに読者の読者欄があるのは、ご存知ですわね?」

「ええ。まあ――」

「それに、奥さんの投書が、載っていたんですわ。十万円で、中古車が欲しいって。ちょうど、私、車を買い替えたいと思って、それで今の車を、十万円なら、お譲《ゆず》り致してもよろしいと思って、お電話したんです」

「いつの新聞ですか?」

「四日前の新聞ですわ。奥さんに、伝えて頂けます?」

「勿論、伝えます」

「では、よろしく」

女は、気取った調子でいい電話を切った。

山野は、二階の部屋に、駈《か》け戻った。部屋に入るなり、押入れを掻《か》き廻《まわ》して、古新聞を探した。

四日前の東日新聞。見つかった。周章《あわ》てて拡げてみた。読者欄があることだけは、前から知っていたが、身を入れて、読んだことはなかった。何か、ごちゃごちゃと、書いてあるなと思っていただけである。

最初が「尋ね人」となっていて、戦時中、どこそこに住んでいた××さんをご存じの方は、お便り下さいなどと書いてある。次が「売り物」の欄で、一年間使用した一六インチTVを格安でお譲りしますといった記事が、並んでいた。

最後が「買い物」の欄だった。そこに、美和子の名前が載っていた。

中古車。なるべく年式の新しいものを希望します。予算は十万円まで。ご連絡下さい。

新宿区四谷××町、平和荘内　山野美和子
電話　四谷　三二六八

山野は、長い間、その記事を眺めていた。美和子が、東日新聞に投書したことは知らなかった。投書のことは、ひとことも聞いていなかった。

おそらく、美和子のつもりでは、車を手に入れてから、山野を、びっくりさせるつもりだったのだろう。彼女は、車が手に入ったら、あたしが、運転を教えてあげると、楽しそうに、話したことがあるのを、山野は、思い出した。

問題は、十万円の金だが、田舎《いなか》の父親からでも、送って来たのかも知れない。二人のためにに、もっとも有効に使いたいと考え、それが、東日新聞への投書になったのでは、なかろうか。

山野は、腕を組んだ。美和子が殺された日、彼女に掛かって来た電話は、この投書を読んだ人間からでは、なかったろうか？

全然、見ず知らずの相手でも、中古車を譲りたいから来てくれといわれれば、美和子は出掛けた筈である。管理人は、その時、美和子が、嬉しそうな顔をしていたというが、それも、説明がつく。美和子が、嬉し気に見えたのは、男に会えるからではなくて、欲しい欲しいと思っていた車が、いよいよ手に入ると思ったからではなかったか。

山野は、廊下に出ると、玉川署に電話を掛けて、東日新聞の記事のことを話した。

「ちょっと待って下さいよ」

田島刑事は、電話の向こうで、狼狽《ろうばい》した声を出した。そのまま、二、三分、声が聞こえなかったが、

「成る程、四日前の東日新聞に載っていますね」

と、いった。古新聞を探していたらしい。

「おそらく、貴方のいうとおり、奥さんは、中古車を買いに、多摩川まで、出掛けたんだと思いますね。そうなると、怨恨説は否定される。何も奪《と》られなかったと考えていたんですが、奥さんが用意していったと思われる十万円の金が、盗まれたことになります。小銭や、腕時計を残したのは、怨恨からの殺人に見せかけるためだったと考えられますね」

「そうなると、美和子が、書き残したSの文字は、どういうことになるんですか？」

「問題はそれです」

田島刑事の声が、低くなった。

「商談の相手が、初対面の人間だったとしても、名前ぐらいは名乗っていい筈ですから、あれは、やはり、犯人のイニシャルかも知れませんね」

「しかし、どうやって、探すんです？」

「とにかく、多摩川周辺で、中古車を持っている人間を洗ってみるつもりです。何かわかり次第、知らせます」

田島刑事は、電話を切った。

山野は、何となく、警察のやり方が、心許《こころもと》なく思えた。田島刑事は、多摩川周辺の中古車の持ち主を調べるという。しかし、それで、犯人が、洗い出せるだろうか？　もし、犯人が、最初から、車など売る気はなく、十万円の金だけが目的なら、自分の家とは、遠く離れた場所に、美和子を呼び出した筈である。また、車など、持っていないかも知れない。

山野の危惧《きぐ》は、当たっていた。

次の日、山野が、玉川署を訪ねてみると、田島刑事は、疲れ切った表情で、彼を迎えた。

「出て来ません。残念ながら」

と、刑事は、山野にいった。

「この辺りに、中古車を持っている人間は、四十人ばかり住んでいるんですが、どれも、シロです。こうなると、犯人が、この近くの人間とは、断定できなくなりました」

「僕も、そう思っていました」

と、山野はいった。

「犯人は、最初から、十万円の金だけが目当てだったのかも知れないじゃありませんか。

そうなると、車を持っていない人間だって、多少、車の知識があれば、美和子を、多摩川に呼び出すことは、出来た筈です」

「問題は、そこです」

田島刑事は、暗い顔になっていった。

「つまり、東日新聞の、あの記事を読んだ人間なら、すべて、犯人になる可能性があったわけですからね。東京都内だけでも、東日新聞の読者は、二、三十万はいるでしょう。その全部に可能性があるというわけです」

「容疑者が、多過ぎるということですか？」

「警察としては、何とか、容疑者を限定したいと思っているのです。その鍵があのSですがね」

「警察では、Sを、まだ、人の名前のイニシャルと、考えているわけですか」

「他に考えようが、ありますか？」

田島刑事が、逆に質問してきた。

「奥さんが、Sという文字を、何か特別の意味に使っていたようなことが、ありましたか？」

「いえ」

山野は、首を横に振った。

「そんなことは、なかった筈です」

「そうですか」

刑事は、ぼそッとした声でいった。その顔色からも、事件の捜査が、行き詰まりを見せ始めているのが、わかるような気がした。刑事のいうように、犯人を、山野や、美和子の周囲の人間に限定できなくなると、事件の解決は、難しくなりそうである。

(二十万人の容疑者――)

山野は、白茶けた顔で、その厖大《ぼうだい》な数字を考えていた。

(たとえ、容疑者が、二十万人でも、三十万人でも、美和子を殺した犯人を、見つけ出してやる)

山野は、自分に、いい聞かせて、玉川署を出た。

7

犯人が逮捕されないままに、美和子の葬儀が、行われた。青森から上京して来た美和子の父親は、陽《ひ》に焼けた顔を歪《ゆが》めて、何かの足しにでもと渡した十万円が、娘の命取りになるとは、考えてもみなかったと、何度も、愚痴《ぐち》をこぼした。

新聞には、読者の投書欄を悪用する者があるので、投書者は注意して欲しいという小さな記事が載った。

野辺《のべ》の送りが済むと、山野は、改めて、妻の死を考えた。犯人を逮捕したいという気持ちは、ますます強くなるばかりだが、どうしたらよいかわからない。そのことが、山野を、深い焦燥《しょうそう》に陥《おとしい》れた。

(問題は、あのSという文字だ)

と、思う。美和子が、残して行った唯一《ゆいいつ》の手掛かりを、何とかして、生かさなければならない。美和子は、あのSで、何を告げたかったのだろうか?

犯人の名前のイニシャルだという警察の考えは、行き詰まってしまっている。

山野は、美和子が、中古車を買うつもりで、多摩川へ出掛けたことを考えた。Sは、自動車に関連のある言葉では、ないだろうか?

山野は、書棚にあった、自動車関係の雑誌を、引っ張り出した。美和子は、運転免許は取ったが、車の構造には詳しくなかった。だから、専門的な用語とは、思われない。普段、使われている言葉だった筈である。

山野は、雑誌の中から、Sで始まる言葉を探してみた。

最初に眼についたのは「ST」という文字である。中古車の売買に、よく使われる言葉で、スペア・タイヤ（予備のタイヤ）の略である。

（これだろうか？）

美和子は、STと書きたくて、Sだけ書いた時、力尽きたのではないか。そうも考えられる。しかし、スペア・タイヤという言葉から、犯人の名前を推測することは、出来ない。犯人の人間像が、浮かび上がって来ないのだ。

Sで始まる言葉には、ステアリングというのがある。ハンドルのことである。これは、すぐ無視した。美和子がハンドルのことを、ステアリングなどと、専門的ないい方をしたのを、聞いたことがなかったからである。

スパナも、Sで始まる言葉である。車の修理工具の中には、スパナが必ず入っている。

（スパナだろうか？）

これには山野は、ちょっと、引っかかった。犯人が使った凶器がスパナで、美和子は、それを知らせようとしたのかも知れないと思ったからである。犯行に使われた凶器は、まだ、鈍器としか明らかにされていない。スパナかも知れないのである。

しかし、結局、山野は、この考えを捨てた。美和子は、背後から殴られて死んだのである。凶器が、スパナだったかどうか、わかる筈がない。また、スパナで殴られたと、わかったとしても、死ぬまぎわに、凶器のことを書き残すだろうか？　美和子が、何よりも、いい残したかったのは、犯人の名前だった筈である。名前でわからなければ、犯人が誰とわかるような言葉だった筈である。スパナが、一人の人間を示すとは思えなかったし、もし、スパナと書きたかったのなら、仮名で「ス」と書いた筈である。その方が美和子らしい。

山野は、雑誌を放り出した。

山野は、外へ出た。外の空気を吸ったら、何か、いい考えが浮かぶかも知れないと思ったからである。

何処《どこ》を、どう歩いたか、憶えていない。山野は、いつの間にか、自動車運転教習所の前に来ていた。山野が、美和子と一緒に通った教習所である。山野の方は、忙しさにかまけて、途中で止めてしまったが、美和子は、最後まで、通って、免許を取った。そのことが、彼女を死に追いやってしまったのだ。

今日も、教習所の中では、生徒が危なっかしい調子で、車を動かしている。エンストを起こして、真っ赤な顔をしている若い娘の顔も見える。縁石《えんせき》に乗り上げてしまった車もある。

山野は、美和子と、一緒に、運転を習っていた時のことを思い出した。家に戻ってから、運転のことを、いろいろと話し合った。彼女が若いので、独身の娘だと思っている教官がいるとか、車庫入れが難しいとかいうことだった。

美和子が、一度だけ、運転の練習を、止めたいと、いったことがあった。あれは、何の時だったろうか？　確か、運転技術で、難しいことがあって、いらいらしていた時のことだった。確か、あれは——

（あッ）と、思った。昔を思い出しているうちに、いきなり、「S」の文字が、頭に飛び込んで来たからである。

教習課程の中に、S字型コースというのがある。S字にくねった道路を、前進、後進させる技術である。美和子は、その運転が、なかなか上手にいかなくて、くさっていた時があった。

山野は、周章てて、教習所の入り口に掛かっている案内板を見た。月曜日が、休みと出ている。美和子が殺されたのは、月曜日だった筈である。犯人が、教習所の教官だったとしたら、あの日、自由に行動できた筈ではないか。

教習所の教官には、三十歳前の若い男が多い。美和子を独身と思い、妙な気を起こしていた者がいないとは限らない。東日新聞で、美和子の名前を見て、中古車を斡旋《あっせん》するからといって、多摩川へ呼び出した。そして殺す。美和子は、相手の名前は忘れたが、教習所で、運転を教えてくれた男だとは、知っていた。そのことを、知らせたかった。だから、運転を習っている時、一番難しかった、それだけに、心に残っていた、S字型コースを、文字に残そうとしたのではなかろうか。ひょっとしたら、犯人はS字型コースの運転を教えた教官かも知れない。

8

山野は、ドアを押して、教習所の中へ入った。受付にいた若い女に、二週間前に、免許を取った、山野美和子の関係書類を、見せて貰えないかと頼んだ。

女は、背後の戸棚から、書類の束を取り出して、めくっていたが、その中から、一枚を抜き出して、黙って、山野の前に置いた。教習日程のようなもので、氏名の欄に、山野美和子と書いてある。美和子の筆跡だった。

最初に「直進」とあり、練習の順序に従って、「後進」―「右折」―「左折」―「車庫入れ」―「クランクコース」というように、活字が並んでいる。その活字の隅に、印鑑が押してあるのは、それを教えた教官の名前であった。

S字型コースの箇所に、「岩崎《いわさき》」という印鑑《ハン》が押してあった。

「この岩崎という人に、会いたいんですが」

山野が、いうと、女は、素気《そっけ》ない調子で、

「岩崎さんは、辞《や》めました」といった。

「辞めた？　いつです？」

「二日前です」

「二日前？」

美和子が殺された直後である。山野は、興奮した。

「何処《どこ》に行ったか、わかりませんか」

「私には、わかりませんけど」

女は、相変わらず、素気ない調子でいった。

山野は教習所の人事課長に会った。中年の課長も、岩崎という男についてほとんど知識らしいものを持ち合わせていなかったが、

「あの男には、実は、うちでも、頭を痛めていたのです」

と、吐き出すように、いった。

「運転を習いに来たお客様から、免許を取りやすくしてやるからといって、金銭を受け取ったこともあり、女との問題もありましてね。実は辞めてくれて、ほっとしていたんで

す」

山野は、岩崎が書いた履歴書を見せて貰った。本籍は岩手県になっている。あるいはそこへ、逃げたのかも知れなかった。

山野は、履歴書を借りうけて、教習所を出ると、田島刑事に、電話を掛けた。刑事は、頷きながら、聞いていたが、山野が話し終わると、

「間違いないですよ」

と、興奮した口調でいった。

「間違いなく、その岩崎という男が、犯人《ホシ》ですよ。岩手県警の方へは、すぐ、連絡してみましょう。しかし、あのSが、S字型コースだとは、考えつかなかったですね。もっとも私は、自動車の運転の方は、からっきし駄目なんですがね」

「頼みます」

と、山野はいって、受話器を置いた。急に、全身から、力が抜けていくような気がした。

岩崎隆行《たかゆき》（二六）は、翌日の夜、逮捕された。場所は、岩手県ではなかった。熱海《あたみ》の温泉街で、女と一緒のところを逮捕されたのである。美和子から奪った十万円は、二百五十

円を残して、使い果たしていた。山野は、そうしたことを、田島刑事から聞かされたが、犯人が逮捕されたということだけで、満足だった。美和子が、死ぬまぎわに、彼に向かって告げようとしたことを、わかってやれたことが、満足だった。

焦点距離

「私立探偵をやっている奴は、人間の屑《くず》だ」

といったのは、おれではない。おれが働いている探偵社の社長だ。

刑事あがりで、細い眼をした社長の前田《まえだ》は、自分の部下を全く信用していなかった。だから、口癖《くちぐせ》みたいに、お前たちは人間の屑だと、ののしった。

「お前たちは、どこの職場でも満足に勤まらなかった、いわば落伍《らくご》者だ。若くもない。これといった技術もない中年のお前たちを、どこの会社が傭《やと》ってくれるか。物好きは、私ぐらいのものだ。それをよく考えて、私の顔に泥を塗るような真似《まね》はするんじゃない。アルバイトなんか、もってのほかだ。もし、そんなことをしたら、わかり次第、即刻、馘《くび》にする。いいな」

毎朝、それが、社長の訓示だった。

おれたちは、黙って聞く。こん畜生《ちくしよう》と思って、会社を飛び出し、自分で探偵社を始めた奴も何人かいたが、みんな上手《うま》くいかなかった。

日本では、免許制じゃないから、誰だって探偵事務所を開ける。となれば、信用が勝負ということになって、個人で始めても、客がつかず、お手あげになってしまうのだ。

それに、社長の前田のいうことも、あながち出たらめとばかりはいえなかった。

このおれにしても、あと二年で四十歳になる。地方の大学の国文の卒業で、いくつかの会社を転々としたが、どこでも長くは勤まらなかった。この年齢《とし》になっては、前田のいうとおり、就職できる場所はないに等しい。新聞の求人欄を見れば、それは一目瞭然《りょうぜん》だ。事務系統での求人は、せいぜい三十歳までだし、トラックの運転や雑用の仕事はあっても、体力のないおれには、勤まりそうもない。無理して、運送店で一年働いたこともあるが、身体をこわしてしまった。この探偵社に入ったのは、一年半ばかり前だが、社長のいうとおり、ここ以外で、今の収入は得られないだろうと思う。だから、人間の屑だといわれながら、この仕事にしがみついているのだ。

ここには、おれ以外に二十人ばかりの社員がいるが、いずれも、おれと似た経歴の持ち主だった。

年齢は、三十代の後半から四十代で、職を転々としたあと、ここにやって来たことも共通している。転々とした理由は、それぞれ違っていても、人生の落ちこぼれである点は同じだった。それに、もう一つ共通点をあげれば、一応、インテリということだろう。私立探偵は、依頼主に対して報告書を書かなければならないからだ。だから、おれたちは、自分のことを、インテリヤクザと自称していた。

他の探偵社ではどうか知らないが、おれの働いている「新日本探偵社」では、固定給はなく、すべて歩合《ぶあい》だった。

一件の調査につき、二〇パーセントが、担当した探偵の収入になる。二十万円で結婚調査を引き受ければ、四万円が、探偵のふところに入るわけだ。

一見すると、悪くない収入のようだが、八割を会社に搾取《さくしゅ》されているわけで、一件の結婚調査に一週間かかれば、一ヶ月で四件、十六万円の月収にしかならない。

おれみたいに妻に逃げられて目下独身なら、何とかなるが、家庭持ちでは、辛《つら》い収入だ。サラ金で借金をしていれば、もっと辛くなる。

それで、つい、妙な気を起こす奴も出てくる。

探偵というのは、他人の秘密を探《さぐ》るのが仕事だ。探り出した秘密を、依頼主に報告したのでは、四、五万の収入にしかならないが、その秘密をタネに、被調査人をゆすれば、何十万、時には、百万単位の金になりそうなことがある。金が欲しい人間にとって、大きな誘惑だ。ちょっと勇気のある奴は、この誘惑に、つい身を委《まか》せてしまう。

おれが知っているだけでも、三人の探偵が、恐喝《きょうかつ》で警察に逮捕された。刑事あがりの社長にとって、これが彼の顔に泥を塗るような真似に当たるわけだ。

まとまった金は欲しいが、恐喝するだけの勇気のない仲間は、アルバイトをした。会社に黙って、勝手に調査を引き受けて来て、それを片づければ、調査料が、まるまる自分のものになるからだ。しかし、社長の前田にしたら、部下にそんな真似をされては、しめしがつかない。だから、見つけ次第、容赦《ようしゃ》なく馘にした。

そして、恐喝する勇気も、アルバイトに手を出す勇気もないおれは、一年半も、この探偵社で働いている。


おれたちは、管理係の女の子から、仕事を貰う。女の子というには、ちょっとばかりとうの立った二十九歳の橋爪君子《はしづめきみこ》という女だが、これが、元ファッションモデルだったというだけに、スタイル抜群で、ぞくっとするほど色気があった。まだ独身だというので、手を出した奴がいたが、そいつは、たちまち馘になった。何のことはない、彼女は、社長の二号で、おれたちを監視するために、管理係として働いていたのだ。

探偵の仕事はいろいろある。身上調査、素行調査、結婚調査、信用調査、それに、家出人を探して欲しいというのや、時には、美術品の鑑定依頼までさまざまだ。

率のいい仕事もあれば、悪い仕事もある。橋爪君子は、気まぐれな女だったから、いい仕事が来るかどうかは、運まかせだった。

その日、おれが、自分に割り当てられた新しい調査依頼書に眼を通していると、松本《まつもと》が、のぞき込んで、

「成功報酬つきか」

と、羨《うらや》ましげな声を出した。

「ああ、素行調査で、成功報酬は、二百万だ」

と、おれは、眼をあげずにいった。

調査依頼のうち、十件に一件ぐらい、成功報酬つきのものがある。これも、成功すれば、二割が探偵のふところに入るから、割のいい仕事だった。おれがやった仕事の中で、一番成功報酬が大きかったのは、盗まれた国宝級の名画を探してくれという依頼で、見つけた場合の成功報酬は五百万円だったが、これは、とうとう見つからなかった。

「すごいな。その仕事、おれに譲《ゆず》ってくれないか」

松本が、遠慮がちにいった。

「金がいるのかい？」

「ああ、下の子供が入院しちまってね。どうしても、まとまった金が欲しいんだ」

松本は元気のない声でいった。

おれは、何となく、この男と気が合った。なぜだかわからないが、話していると楽しいのだ。

おれと違って、女房持ちだし、二人いる子供のうち、下の五歳になる男の子は、ぜんそく持ちで、しょっちゅう入院、退院を繰り返していた。

「そっちの仕事は?」

と、おれがきくと、松本は、肩をすくめて、

「身上調査が二件だけさ」

といった。

身上調査は、就職する学生の主として思想調査で、面倒くさい上に、一件二万円だから、探偵の収入は四千円でしかない。一件ずつやっていたのでは、どうしようもないので、二件か三件ずつ、まとめて調査をするのだが、それでも、割の悪い仕事であることに変わりはなかった。

「どうだろう?」

松本が、さっきより一層、遠慮がちにいった。

「子供が入院したといったね」

「ああ、今度は、長引きそうなんだ」

「この素行調査は、夫の浮気相手を見つけてくれというんで、相手の名前もわかってないし、密会の写真と、声をとることが条件になっている。かなり骨だぜ」

「やらせてくれるのか?」

松本の顔が、ぱッと明るくなった。そんな、いかにも人の好《よ》さそうな松本の顔を見る

と、おれは、自然に笑ってしまった。

「いいさ。おれは、こういう調査はどうも苦手でね」

「恩に着るよ。これで、一家心中をしなくてすむ」

「大げさにいいなさんな」

おれは笑ってしまった。

結局、おれは、成功報酬つきの素行調査を松本に回してやり、くそ面白くもない身上調査二件を、彼の代わりにやることになった。

二件とも、ある有名商社に就職の内定した学生の調査だった。尊敬する政治家はJ・F・ケネディ、支持政党は保守党、学生運動はしたことなし。会社の人事部に提出された身上調査には、そう書いてある。それが事実かどうか調べてくれという依頼だ。

多分、このとおりだろう。今のお利口な学生が、就職の時に不利になるようなことをする筈《はず》がないからだ。

おれは、二人の学校へ出かけ、教授に会い、友人に話を聞き、彼らの下宿先で評判に耳を傾けた。

案の定だった。二人とも、一年から四年まで、常に成績は十番以内。といって、ガリ勉というわけでもなく、適当に青春を楽しんでいるらしい。一人は落語研究会に入っていて、もう一人は、社交ダンスが上手い。政治的にはノンポリを決め込んでいる。まあ、二人ともいいサラリーマンになるだろう。少なくとも、おれや、松本みたいに、中年になって私立探偵をやることはあるまい。

おれは、社に帰り、二人の調査報告書を書いた。時々、でたらめな報告書を作ったら面白いだろうなと思うことがある。この恵まれた二人の学生だって、おれの筆先一つで、有名商社に就職できなくなるのだ。だが、結局、おれは、まともな報告書を書いた。二十代の頃には、結構無茶なことをして、勤めている会社を馘になっても平気だったのだが、四十歳近くなると、どうしても、意気地がなくなってしまう。

松本は、二日、三日と、社に戻って来なかった。が、三日目の午後二時頃、おれに電話をかけて来た。

「おかげで、何とか上手く行きそうだよ」

と、松本は、弾《はず》んだ声でいった。

おれは、改めて、松本という男の律儀《りちぎ》さに感心しながら、

「旦那《だんな》の浮気の相手が見つかったのか？」

「二日間尾行して、やっと見つけたよ。調査がすんだら話すけど、これが、なかなか面白いんだ。君も、きっと、あっと驚くぜ」

「有名な女優か何かかい?」

「まあ、あとで話すよ」と、松本は、彼らしくもなく、思わせぶりないい方をした。

「あとは、二人の肝心《かんじん》の場面を写真に撮《と》り、二人の会話をテープにとれば、成功報酬は頂きだ」

「大丈夫か?」

「気づかれずに、上手くやるさ。おれだって、一年半、この仕事をやってるんだ」

「写真の方さ。君は機械《メカ》に弱いんだろ。ピンボケの写真じゃあ、成功報酬は貰えないぜ」

「その点は大丈夫だよ。今度は、アメリカ製の自動焦点《オートフオーカス》カメラを持って来てるんだ。だから、おれが撮っても、ピントは、ぴったりだよ。もちろん、借り物だけどね」

松本は、成功報酬が入ったら、一杯おごらせて貰《もら》うよといって、電話を切った。

それが、松本の声を聞いた最後になってしまった。

不吉な予感を感じていたなどと、おれは、偉そうなことをいうつもりはない。まさか、松本が死ぬとは、爪《つめ》の先ほども思ってはいなかったからだ。

ただ、松本に譲った素行調査のことで、何となく、妙な調査依頼だなという気はしていた。それは二百万円という成功報酬の額だ。

素行調査は、かなり多い。女が強くなったせいか、旦那の浮気の相手を調べてくれという依頼の他に、奥さんに男が出来たらしいので、その相手を見つけ出して欲しいという依頼も多くなった。

だが、成功報酬の相場は五十万円がいいところだ。この額は、依頼主の熱意や、調査の難しさによって高くなる。浮気の相手が外国人だったりすれば、必然的に調査は難しくなるから、成功報酬も高くなってくる。また、依頼主が金持ちで、なるべく早く浮気の相手を見つけてくれといえば、その場合も、成功報酬は上昇する。

しかし、おれが、この新日本探偵社に入ってから今日まで、二百万円もの成功報酬がついた素行調査は初めてだった。いつだったか、ある政治家が、奥さんの浮気相手を見つけてくれと頼みに来たことがある。その奥さんがアメリカ人だった上に、三日以内にと期限を切ってきたので、成功報酬は増額されたが、それでも百五十万円だった。

それが、今度は二百万円だ。

そのくせ、あの調査依頼書に、ざっと眼を通した限りでは、特別な難しい素行調査のようには思えなかった。何日以内にと、期限を切ってもいなかったように覚えている。それにもかかわらず、依頼主が、二百万円もの成功報酬を付けて来たのは、何のためなのだろうか？

近くの喫茶店で、コーヒーを飲みながら考えてみたが、おれにも見当がつかなかった。といっても、松本に譲ってしまった仕事だから、考えても仕方がないと思い、おれは、五、六分考えただけで、止《や》めてしまった。

その夜、おれが、自分のアパートに帰ると、松本の細君の美代子《みよこ》から電話がかかってきた。

松本が、昨日から帰っていないというのだ。

「昨日の午後二時に、彼から電話がありましたよ」と、おれはいった。

「今、素行調査をやっているんで、徹夜の張り込みをしたんじゃないかな」

「それならいいんですけど」

「大丈夫ですよ。警官と違うから、危ない目に遭《あ》うことはありません」

おれは、小柄で、陰気な感じの松本美代子の顔を思い出しながらいった。

「そうは思うんですけど、電話連絡もないので、心配で――」

「心配は要《い》りませんよ。それより、お子さんはどうですか？　まだしばらく入院していなければならないんですか？」

「子供のこと？」

「坊やが、また入院したんでしょう？」

「いいえ。家で元気にしていますけど」

(畜生。騙《だま》しやがった)

と、思った。子供をダシにしやがって。きっと、女でも出来て、それで、まとまった金が欲しかったのだろう。

おれは、そう思ったが、不思議に、松本に対して腹が立たなかった。明日でも会ったら、背中をどやしつけてやろう。そんな気で、寝床にもぐり込んだのだが、うとうとしかけたところで、また、けたたましい電話の音で眼をさまされてしまった。

松本美代子が、どうしても心配で、またかけて来たのかと思ったが、今度は、男の声だった。おれの名前を確かめてから、

「松本俊平《しゅんぺい》さんをご存じですか？」

「友人ですが――？」

「それなら、すぐ、代々木《よよぎ》警察署まで来てください」

「彼が酔っ払って、喧嘩《けんか》でもしたんですか？」

と、おれがきいたのは、松本が、気が小さいのに、酔っ払うと、やたらに他人に喧嘩を吹っかける癖があるからだった。

「そうじゃありません。松本さんは、一時間前に死体で発見されましてね。背中を刺され

て殺されたのです」

「まさか――」

「すぐ来て頂《いただ》けますか？」

「家族には？」

「もう知らせました」

「すぐ行きます」

深夜だったが、おれは、タクシーを拾って、甲州街道《こうしゅうかいどう》沿いの代々木《よよぎ》警察署に駈けつけた。

松本美代子は、まだ着いていなかった。おれは、亀井《かめい》という四十五、六歳の刑事に、変わり果てた松本の遺体を見せられた。

ジーパンにセーター、その上にサファリコートを着ているのは、張り込みの最中だったのだろう。その白いサファリコートの背中の部分が、血で赤く染まっている。

「誰が殺したんです？」

「それを調べているところですがね。そのために、あなたにも協力して頂きたい」

「なぜ、僕に電話して来たんです？」

「仏さんの持っていた手帳に、あなたの名前が書いてあったものでね」

と、亀井刑事はいい、その手帳を見せてくれた。安物の手帳の最後のページが住所録になっているのだが、そこには、おれの名前しか書いていなかった。あいつには、友人と名のつく者は、おれしかいなかったのかと思ったとたん、遺体を見た瞬間にはわきあがって来なかった悲しみが、突然、おれの胸を熱くした。このおれだって、今、友人と呼べる人間は、松本ぐらいしかいなかったのだ。

「この他に、所持品はなかったんですか？」

「インスタントカメラと、テープレコーダーがありましたよ」

と、亀井はいい、キャビネットの引出しから、カメラとテープレコーダーを出しながら、

「松本さんもあなたも、新日本探偵社の人間でしたね」

「ええ」

「松本さんは、何の調査をやっていたんですか？　これは殺人事件ですから、知っていたら、正直に話して下さい」

「確か、五《ご》明《みょう》寺《じ》恭《きょう》一郎《いちろう》という人の素行調査です。依頼主は奥さんでしたね。浮気の相手を見つけて欲しいということです」

「五明寺恭一郎？　どこかで聞いたような名前だな」

亀井は、小声で呟《つぶや》いた。

アメリカ製のインスタントカメラと一緒に、撮影済のフィルムが五枚あった。シャッターを押すと、一枚ずつフィルムが飛び出して来て、数分すると、映像が浮かびあがってくるやつだった。

だが、呆《あき》れたことに、五枚とも、ひどいピンボケで、辛《かろ》うじて、室内の写真で、人間が二人並んでいるとわかる代物《しろもの》だった。顔立ちはおろか、男か女かもわからない。

「おかしいな」

と、おれは、口に出していった。

「何がです?」

「このインスタントカメラは、超音波を使った自動焦点カメラですよ。それなのに、なぜ、こんなピンボケの写真しか撮れなかったのか」

「カメラがこわれていたということは考えられますがね」

「フィルムがあと三枚残っているから、試してみましょう」

と、おれはいい、五、六歩離れたところから、亀井刑事に向けて、シャッターを切った。自動焦点カメラのくせで、一瞬おくれてから、シャッターの切れる音がし、それから、フィルムが飛び出して来た。

そのフィルムに、次第に、映像が浮かびあがってくる。数分で、きれいに、亀井刑事の顔写真が出来た。ピントは、もちろん、ぴったり合っていた。

「カメラは故障していませんよ」

と、おれがいうと、亀井は、不思議そうに首をひねっていたが、

「テープレコーダーの方は、はっきりと録音されていますよ」

と、いい、小型テープレコーダーの再生スイッチを押した。

中年の男と、若い女の会話が、ノイズもなく、はっきりと聞こえてきた。

松本が、男の素行調査をしていたことから考えて、男女の微妙な会話が聞けるのかと思ったが、少しばかり違っていた。

若い女は、男のことをパパと呼んでいたが、その語調には、不思議に甘えたところがなかった。

どうやら、女の方は、女子大生らしく、

――ちゃんと勉強をしているかね？

――はい。パパも、ちゃんと仕事をやってるのかな？

――私は大人だ。仕事を怠《なま》けたことはない。それより、何か欲しいものがあったらいいなさい

——なぜ、パパはこんなに親切にしてくれるの？

——そうだね。君が、私と同じ徳島の生まれで苦労しているからかな
——つまり、足長おじさん？

——まあ、そんなところかね
こんな会話が、続いている。おれが、いい気なものだなと思っていると、亀井刑事が、ふいに、「そうだ！」と、大きな声を出した。

「五明寺恭一郎は、徳島出身の代議士で、今、政務次官をやっている人だよ」

「政務次官？」

「そうです。文教関係の専門家で、次の大臣候補だと書かれているのを読んだことがありますよ」

「じゃあ、松本は、その五明寺恭一郎を調べていて殺されたということになりますね？」

おれは、言外に、五明寺という男が、松本の死に関係しているのではないかという意味を匂《にお》わせてきいてみたのだが、亀井刑事は、慎重に、

「まだそう断定するのは、危険ですよ。全く関係なく殺されたのかもしれませんからね」

「しかし、関係があるかも知れない」

「もちろん、その線も洗ってみますよ。調査の依頼主は、奥さんということでしたね？」

「そうです。五明寺家を訪ねるのなら、同行させてくれませんか？」

「なぜです？」

「死んだ松本にとって、僕が唯一《ゆいいつ》の友だちだったからですよ」

「なるほど。しかし、ご要望には添えませんね。素行調査までは、あなた方の仕事だが、殺人事件となると、警察の領分ですのでね。もちろん、結果については、お知らせしますよ」

亀井刑事は、冷たく、妥協のない調子でいった。刑事としたら、かなり物わかりのよさそうな男だが、それでも、私立探偵なんかに、警察の領分を荒らされて堪《たま》るものかという気負いが、ひしひしと感じられた。

おれたち日本の私立探偵は、免許制でないから、身分の保証もなく、拳銃の携行も駄目、刑事事件への介入は、全く許されない。探偵として働くようになると、必ず質問されることがある。依頼されて、ある人間を尾行している時、相手が、ふと、石鹸箱《せっけん》を猫ババしたとする。その時、探偵である君はどうすべきか。そのまま尾行を続けるでは、日本では探偵は勤まらない。尾行を諦《あきら》め、直ちに警察に通報するのが正解だ。つまり、日本では、警察に睨《にら》まれたら、私立探偵は出来ないということだ。

だから、おれは、「わかりました」と、亀井刑事にいった。

（しかし、松本が引き受けた素行調査は、まだ完了していない筈だ。それなら、おれが引き継いでも、警察は文句をいわないだろう）

翌朝、おれは、警察から返して貰った松本のテープレコーダーを持って、五明寺家を訪ねた。

警察の車は来ていなかったし、主人の五明寺も留守だった。亀井刑事は、役所の方へ、五明寺を訪ねて行ったのだろう。

おれは、素行調査の依頼主である五明寺の細君に会った。

名前は、京子《きようこ》。四十五、六歳で、大柄な、気の強そうな女だった。

おれが、新日本探偵社の名前の入った名刺を差し出すと、京子は、あわてた様子で、

「もう、あの調査は止めて頂きたいわ」

「しかし、もう調査を始めてしまっています」

「もういいの。料金はお支払いするわ」

「なぜです？」

「主人の相手がわかったから。主人が、全部話してくれたからですよ。すべてわかったんだから、もう調査する必要はありませんものね」

「ご主人の女というのは、同じ徳島県出身の女子大生ですか?」

「ええ。主人は、同郷だということで、学費の面倒を見ていたんですわ。それを私がかってに邪推《じやすい》して、おたくの探偵社に素行調査をお願いしてしまったんです。だから、もう中止して頂きたいの」

「その女子大生の名前を教えて頂けませんか」

「なぜ? 私は、調査は中止して頂きたいとお願いしているんですよ」

「それはわかりますが、うちとしても、一応、書類の形式を整えておく必要があるのです。そうしませんと、いつまでも、調査継続ということになってしまいますのでね」

「よくわからないけれど――」

と、京子は、眉《まゆ》を寄せた。が、それでも、問題の女性の名前を教えてくれた。

高井有子《たかいゆうこ》　(二〇)　S大三年生
渋谷区代々木上原《しぶやうえはら》　Rマンション二〇二号
おれは、その名前と住所を、手帳に書き留めた。

「もう一つ伺いたいんですが、なぜ、成功報酬に二百万円もの金額を約束されたんですか？」

「それは、どうしても、主人の秘密を知りたかったからとしか、申しあげようがないわ。それも、お支払いしなければならないのなら、お支払いしますけど」

「それは結構です」

と、おれはいった。

五明寺邸を出ると、雨が降り出していた。

「涙雨ってやつか」

と、呟いてから、おれは、自分が柄《がら》にもなく感傷的になっていることに驚いた。松本の死は、おれ自身でも驚くほど、おれにはこたえていたのだ。

おれはタクシーを拾い、代々木八幡のRマンションに向かった。おれは、どうしても、松本が殺された理由が知りたかったし、犯人を見つけたかった。松本が好きだったし、彼があの素行調査をやらなかったら、このおれが、殺されていたかも知れなかったからだ。

Rマンションは、小田急線代々木八幡駅から、歩いて十二、三分の場所にあった。七階建ての、壁面に赤いレンガを貼《は》りつめた、なかなか洒落《しやれ》たマンションだった。

おれが、二〇二号室にあがって行くと、亀井刑事とぶつかった。

亀井は、その部屋から出て来たところだったが、おれを見ると、眉をひそめて、

「事件の捜査は、警察に委《まか》せて下さいと申しあげた筈ですよ」

「わかっていますがね。こちらは、依頼主の要望で、五明寺恭一郎の素行調査を続けているだけです」

「しかし、それは、もう、中止の要請があった筈ですよ。私が、五明寺恭一郎氏に会って聞いたところでは、依頼主の奥さんとも話し合って、全部解決し、探偵社には中止してくれと連絡したそうですがね」

「僕はまだ聞いていませんね」と、おれは、嘘をついた。

「それに、調査料も貰っていますからね。やるだけのことは、やらないと、気がすまないんですよ。だから、この部屋の主とも会いたいですね」

「会ってどうするんです？」

「話を聞いて、報告書を書きますよ。それで、この調査は終了です」

と、おれは、粘った。

亀井刑事は、別に、邪魔はしなかった。おれは、二〇二号室に入り、部屋の主の高井有子に会った。

背ばかり高い、平凡な顔立ちの女子大生だった。そのことに、おれは、何かはぐらかされたような気持ちになりながら、

「五明寺さんとの関係を話してくれないかな」

と、いった。

「パパには、同郷ということで、学費を出して貰っているわ」

有子は、煙草《たばこ》をくわえながら、感情のこもらない声でいった。おれは、百円ライターで、火をつけてやってから、

「このマンションの部屋代もかい？」

と、２ＤＫの部屋を見廻した。

「ええ。部屋代もね。だから、あたしにとって、現代の足長おじさんかな」

「代わりに、君は、五明寺さんに何をあげるんだい？」

「なんにも」

「なんにも？」

「だから、現代の足長おじさんって、いったじゃないの」

「これは、君と、五明寺さんの声かな？」

おれは、持って来たテープレコーダーをテーブルの上に置いて、再生のスイッチを入れた。男女の会話が流れ出した。

有子は、小さく肩をすくめて、

「あたしとパパだわ。きっと、この近くで死んだ私立探偵の人が、盗みだしたのね」

「なぜ、知っているんだ？」

「今来た刑事さんが、話して行ったからよ。昨日は、暖かかったから、ベランダの窓を開けたの。きっと、その私立探偵が、ベランダまで登って来て、あたしたちの会話を、テープにとったんだわ」

おれは、有子の言葉で、ベランダに眼をやった。ここは二階だから、登れないことはないだろう。

おれは、立って行って、アルミサッシュの窓を開けた。とたんに、外の音が、きれいに流れ込んできた。

「君は、昨日、ここで、五明寺さんと話をした。それを、テープにとられたわけだね？」

「そうよ」

「私立探偵の松本は、写真も撮ったんだが、君たちは、気がつかなかったの？」

「ええ。気がつかなかったわ。気がついていたら、きっとパパが、テープやフィルムを取りあげていたと思うわ」

「気がついて、喧嘩《けんか》になって、五明寺さんが、私立探偵を殺したんじゃないのかね？」

「そんな筈はないわ。パパは、昨夜は、ずっと、ここにいたんだから」

「ベッドの中に一緒にいたという意味かな?」

「違うわ」

「じゃあ、何をしていたのかな?」

「お話をして、一緒にテレビを見て、トランプをして」

「まさに、足長おじさんだね」

と、おれは、苦笑した。有子は、肩をすくめて、

「男と女だからって、必ず、セックスがあるとは限らないわ」

「五明寺さんと、こういう関係になったきっかけを教えてくれないか?」

「二年前に、何かの会で一緒になったの。その時、パパと同じ徳島の出身だとわかったし、あたしが、苦労していることを話したら、それなら、面倒を見てやろうといってくれたのよ」

「本当に、二人の間にセックスはなしかい?」

「ないわ」

高井有子は、切口上でいった。

おれが、Rマンションから出ようとすると、亀井刑事が、待ち受けていた。

強引に、おれをパトカーに乗せて、

「高井有子に何をきいたんです？」

「パパとの関係を聞いただけですよ。彼女は、足長おじさんだといっていましたがね」

「それだけですか？」

「ええ。それより、松本を殺した犯人は見つかったんですか？」

と、おれは、きき返した。

「残念ながら、まだです」

「松本は、五明寺恭一郎の素行調査をやっていて殺されたんです。五明寺が殺しに関係しているということは、考えられないんですか？」

「無理ですね」

「なぜです？」

「五明寺恭一郎は、政務次官ですよ。しかも日本の文教を担当している政務次官です」

「だからといって、殺人をやらないとは限らないでしょう？」

「動機がありません」

「松本が彼の素行調査をやっていたことを考えて下さいよ」

「しかしねえ。それで浮かび上がって来たのが、あの女子大生では、殺しの動機にはなりませんね。何しろ、足長おじさんなんですから」

「彼女も、五明寺恭一郎も、明らかに嘘をついていますよ」

と、おれがいうと、亀井刑事は、ニヤッと笑った。

「二人の間に、男と女の関係もあるんじゃないかというんでしょう？　私だって、現代の足長おじさんなんて、信じてやしませんよ。おそらく、セックスの関係もあるでしょうな。しかし、そのくらいのことで、殺人はやりませんよ」

「いや、そんなことをいってるんじゃありません。他のことで、二人は嘘をついているといっているんです」

「それは、何のことです？」

亀井刑事が、眼をむいて、おれを見た。

おれは、窓ガラス越しに、ちらりと、マンションを見てから、

「第一に疑問なのは、テープレコーダーに入っていた五明寺恭一郎と高井有子の会話です。なぜ、あんなに、はっきり録音されているのか？　雑音なしにです」

「それは、ベランダの窓が開いていたから、二人の会話が、テープにとられてしまったんだと、五明寺さんも、高井有子もいっていますよ。ベランダに忍び込んだ私立探偵に気づかなかったとしても」

「それは嘘だ」

「え？」

「ベランダの窓は閉まっていたんですよ」

「そんな馬鹿な。あの窓は、防音性の高いアルミサッシュの窓ですよ。窓が閉まっていたら、ベランダへ忍び込んでも、中の会話を録音できないじゃありませんか」

「だが、ベランダの窓は閉まっていたんです」

「理由は？　なぜ、そういい切れるんです？」

亀井刑事が、わけがわからないという顔をした。

「インスタントカメラで撮った五枚の写真です」

「あのピンボケ写真が、どうかしたんですか？」

「彼の持っていたカメラは、超音波を使った自動焦点カメラなんですよ。彼が使っても、ピントの合った写真ができるんです。もう一つ。今度の素行調査には、二百万円という多額の成功報酬がついていたんですが、それを手に入れるには、証拠の写真が必要なんです。だから、松本は、二人にカメラを向けた筈ですよ。カメラは、自動焦点だから、シャッターを押せば、ちゃんと写る筈なんです」

「それなのに、なぜ、五枚とも、ピントはずれだったんです」

「理由は一つしか考えられませんよ。あのカメラが、超音波を使った自動焦点装置だからです。超音波を発して、それが対象物に当たって、はね返って来て、焦点を決める方式です。それが、ピンボケとなった理由は、一つしか考えられません。カメラと対象物の間に、何かがあって、超音波が、その何かにぶつかってはね返って、焦点距離が狂ってしまったんです」

「それが、窓ガラスということですか?」

「そうです。松本は、機械オンチでしたからね。相手が見えれば、自動的に焦点が合うと思ったんでしょう。ところが、窓ガラスが、焦点距離を狂わせてしまったんです。それで、五枚ともピンボケになってしまった。ただ、映像が浮かびあがってくるまでに数分かかるから、松本は、写すそばから、ポケットに入れてしまったんでしょう。だから、窓ガラスは閉まっていたに違いないというんです」

「つまり、あんなにはっきりと録音をとれる筈がないということですか?」

「そうです。防音性の高いアルミサッシュの窓ガラスが閉まっていて、ベランダから、あんなにはっきりと、部屋の中の会話が録音できる筈はありませんよ。だから、あれは、明らかに作られたテープです」

「なぜ、そんなことをする必要があるんです?」

「もちろん、五明寺恭一郎が、松本を殺したからです」

「しかし、女子大生と関係していたことを知られたぐらいで、探偵を殺すでしょうか？」

亀井刑事は、首をかしげた。

「あのモヤシみたいな女子大生との関係ならばね」

「違うというんですか？」

「松本は、殺される前日、電話して来て、こういったんです。五明寺恭一郎の相手を見つけたが、これが、面白いんだとね。女子大生の面倒をみているぐらいじゃあ、ありふれていて、面白くも何ともありませんよ。もう一つ、調査を依頼した奥さんは、異例ともいえる二百万円の成功報酬を出したんです。彼女も、夫の浮気の相手が特殊な人間らしいことに、うすうす気づいていたんじゃないかと思いますね」

「特殊な人間というだけじゃあ、ばくぜんとし過ぎていますね」

「しかし、ある程度は、想像できますよ。五明寺は、文教関係の政務次官だ。おそらく、公《おおや》けになれば、政務次官の地位を退《しりぞ》かなければならないようなことを、松本に見つけられたんです。だから、松本を殺した。そうしておいて、あわてて、高井有子という女子大生に金を与えた。足長おじさんになりすまし、それを証明する会話を録音して、松本のテープレコーダーの中に入れておいたんです。それに、五明寺の細君も、あわてて、調査依頼を引っ込めている。それがわかれば、夫の将来がめちゃめちゃになってしまうとわかったからですよ。彼女にしたって、生活が大事ですからね」

「あなたのいうことを聞いていると、問題のテープも、高井有子も、作られたスキャンダルということになるが――」

「そのとおりです。何もなかったでは、かえって疑われるから、どうということのない、ありふれた情事をこしらえあげたんです。殺人なんか犯す筈はないと思われる程度の軽いスキャンダルをね。しかし、事実は違いますよ。松本を殺さなければならないようなスキャンダルを見つけられたんです。もちろん、あの部屋じゃない。あのマンションの別の部屋か、別のマンションです。そこで、五明寺は、情事の最中を写真に撮られた。窓ガラスは閉まっていたが、写真を撮られた方は、ピンボケ写真になるとは思わない。てっきり写真を撮られたと思って、五明寺は、松本を殺したんですよ」

「殺された松本さんは、五明寺恭一郎の相手が、面白い人間だといったんですね?」

「そうです。有名女優かときいたら、違うともいいましたよ」

「しかし、普通の女なら、別に面白いということはないでしょう? むしろ、女子大生の方が、面白い関係じゃありませんか」

「そうです。だが、一つだけ、相手が有名人でなくても、面白い関係ということがあり得ますよ」

と、おれはいった。

二日後に事件は解決した。

作られたものは、所詮《しょせん》は、嘘がばれてしまうものだ。まず、高井有子が、警察の訊問にあって、五明寺に、金を貰って頼まれたことを自供した。

それでも、五明寺は丸一日粘ったが、二日目にすべてを自供した。

五明寺恭一郎の相手は、男子の大学生だった。同じマンションの二〇九号室に住まわせて、通っていたのだ。それを、松本に撮影された。同性愛の関係を知られれば、文教関係の政務次官の地位は追われるだろう。五明寺は、それを恐れて、松本を刺殺したのだ。

おれは、元どおり、私立探偵の仕事をしている。

ただ、松本を失って、おれは、焦点距離が合わなくなってしまったような気持ちが続いていた。

この作品は平成四年五月角川書店より文庫判で刊行されました。

なお、本書は、昭和三十八年から五十五年にかけて雑誌に発表された作品で、現在の状況とは異なっている場合があります。

一〇〇字書評

切り取り線

購買動機（新聞、雑誌名を記入するか、あるいは○をつけてください）

□（　　　　　　　　　　　　　　　　）の広告を見て
□（　　　　　　　　　　　　　　　　）の書評を見て
□ 知人のすすめで　　　　　　　　□ タイトルに惹かれて
□ カバーが良かったから　　　　　□ 内容が面白そうだから
□ 好きな作家だから　　　　　　　□ 好きな分野の本だから

・最近、最も感銘を受けた作品名をお書き下さい

・あなたのお好きな作家名をお書き下さい

・その他、ご要望がありましたらお書き下さい

住所	〒				
氏名		職業		年齢	
Eメール	※携帯には配信できません	新刊情報等のメール配信を 希望する・しない			

この本の感想を、編集部までお寄せいただけたらありがたく存じます。今後の企画の参考にさせていただきます。Eメールでも結構です。

いただいた「一〇〇字書評」は、新聞・雑誌等に紹介させていただくことがあります。その場合はお礼として特製図書カードを差し上げます。

前ページの原稿用紙に書評をお書きの上、切り取り、左記までお送り下さい。宛先の住所は不要です。

なお、ご記入いただいたお名前、ご住所等は、書評紹介の事前了解、謝礼のお届けのためだけに利用し、そのほかの目的のために利用することはありません。

〒一〇一‐八七〇一
祥伝社文庫編集長　清水寿明
電話　〇三（三二六五）二〇八〇

祥伝社ホームページの「ブックレビュー」からも、書き込めます。
www.shodensha.co.jp/bookreview

祥伝社文庫

完全殺人《かんぜんさつじん》

平成27年 4 月20日　初版第1刷発行
令和 4 年11月30日　第2刷発行

著　者　西村京太郎《にしむらきようたろう》
発行者　辻　浩明
発行所　祥伝社《しようでんしや》
東京都千代田区神田神保町 3-3
〒101-8701
電話　03（3265）2081（販売部）
電話　03（3265）2080（編集部）
電話　03（3265）3622（業務部）
www.shodensha.co.jp
印刷所　萩原印刷
製本所　ナショナル製本
カバーフォーマットデザイン　芥 陽子

 ISBN978-4-396-34108-4 C0193

祥伝社文庫の好評既刊

西村京太郎
松本美ヶ原《うつくしがはら》殺意の旅

妻の後輩・由紀から兄・功の美ヶ原での変死調査依頼が。一方、美ヶ原に近い諏訪湖畔で功の恋人が襲われた。

西村京太郎
無明剣《むみょうけん》、走る

五代将軍・綱吉の治世。幕閣の争いに巻き込まれた阿波藩存亡の危機に立つ剣客ら。空前の埋蔵金争奪戦！

西村京太郎
特急「有明」殺人事件

有明海の三角湾に風景画家の死体が。十津川と亀井が捜査に乗り出すが、画家の仲間にまで続々と悲劇が起こる！

西村京太郎
十津川警部「初恋」

十津川の初恋の相手、美人女将が心臓発作で急死⁉ 事態は次第に犯罪の様相を呈し、さらに驚愕の真相が！

西村京太郎
十津川警部 能登半島殺人事件

「あなたに愛想がつきました」――十津川の愛妻が出奔⁉ そこに脅迫状が届き事態は一転。舞台は能登へ！

西村京太郎
十津川警部「家族」

十津川に突如辞表を提出し、失踪した刑事。それは殺人者となった弟を助けるための決断だった……。

祥伝社文庫の好評既刊

西村京太郎
金沢歴史の殺人
女流カメラマンの写真集をめぐり、相次ぐ殺人事件……。円熟の筆で金沢を旅情豊かに描く傑作推理！

西村京太郎
十津川警部「故郷」
友人の容疑を晴らそうとした部下が無理心中を装い殺された。部下の汚名を雪《そそ》ぐため、十津川は若狭《わかさ》小浜《おばま》へ！

西村京太郎
寝台特急カシオペアを追え
誘拐事件を追う十津川警部。乗り込んだカシオペアの車中に、中年男女の射殺体が！ 誘拐との関連は⁉

西村京太郎
十津川警部「子守唄殺人事件」
奇妙な遺留品は、各地の子守唄を暗示していた。十津川は仙台、京都へ！ 連続殺人に隠された真相に迫る。

西村京太郎
しまなみ海道追跡ルート
白昼の誘拐。爆破へのカウントダウン。十津川警部を挑発する犯人側の意図とは一体⁉

西村京太郎
日本のエーゲ海、日本の死
〝日本のエーゲ海〟岡山・牛窓《うしまど》で絞殺死体発見。事件を探るうち、十津川は日本政界の暗部に分け入っていく。

祥伝社文庫の好評既刊

西村京太郎
闇を引き継ぐ者
死刑執行された異常犯〝ジャッカル〟の名を騙《かた》る誘拐犯が現われた！　十津川は猟奇の連鎖を止められるか!?

西村京太郎
夜行快速《ムーンライト》　えちご殺人事件
新潟行きの夜行電車から現金一千万円とともに失踪した男女。震災の傷痕が残る北国の街に浮かぶ構図とは？

西村京太郎
オリエント急行を追え
ベルリン、モスクワ、厳寒のシベリアへ……。一九九〇年、激動の東欧と日本を股に掛ける追跡行！

西村京太郎
十津川警部　二つの「金印」の謎
東京・京都・福岡で、首のない他殺体が。事件の鍵は「卑弥呼《ひみこ》の金印」!?　十津川が事件と古代史の謎に挑む！

西村京太郎
十津川警部の挑戦（上）
「小樽へ行く」と書き残して消えた元刑事。失踪事件は、警察組織が二〇年前に闇に葬った事件と交錯した……。

西村京太郎
十津川警部の挑戦（下）
警察上層部にも敵が!?　封印された事件解決のため、十津川は特急「はやぶさ」を舞台に渾身の勝負に出た！

祥伝社文庫の好評既刊

西村京太郎
近鉄特急 伊勢志摩《いせしま》ライナーの罠
消えた老夫婦と謎の仏像。なりすました不審な男女の正体は？ 伊勢志摩へ飛んだ十津川は、事件の鍵を摑む！

西村京太郎
十津川捜査班の「決断」
クルーザー爆破、ＯＬの失踪、列車内での毒殺……。難事件解決の切り札は、勿論十津川警部!!

西村京太郎
外国人墓地を見て死ね
横浜で哀しき難事件が発生！ 墓碑銘の謎に十津川警部が挑む！ 歴史の闇に消えた巨額遺産の行方は？

西村京太郎
特急「富士」に乗っていた女
北条《ほうじょう》刑事が知能犯の罠に落ちた。部下の窮地を救うため、十津川は辞職覚悟の捜査に打って出るが……。

西村京太郎
謀殺《ぼうさつ》の四国ルート
道後《どうご》温泉、四万十川、桂浜《かつらはま》……。続発する怪事件！ 十津川は、迫る魔手から女優を守れるか⁉

西村京太郎
生死を分ける転車台
天竜浜名湖鉄道の殺意
鉄道模型の第一人者が刺殺された！ カギは遺されたジオラマに？ 十津川は犯人をあぶりだす罠を仕掛ける。

祥伝社文庫の好評既刊

西村京太郎
展望車殺人事件

大井川鉄道の車内で美人乗客が消えた!? 偶然同乗していた亀井刑事の話から十津川は重大な不審点に気づく。

西村京太郎
十津川警部捜査行
SL「貴婦人号」の犯罪

鉄道模型を売っていた男が殺された。犯人は「SLやまぐち号」最後の運行を見ると踏んだ十津川は山口へ!

西村京太郎
九州新幹線マイナス1

東京、博多、松江――放火殺人、少女消失事件、銀行強盗、トレインジャック! 頭脳犯の大掛かりな罠に挑む!

西村京太郎
夜の脅迫者

迫る脅迫者の影――傲慢《ごうまん》なエリート男を襲った恐怖とは?（「脅迫者」）。ひと味ちがうサスペンス傑作集!

西村京太郎
裏切りの特急サンダーバード

〝十一億円用意できなければ、疾走中の特急を爆破する〟――刻限《タイムリミット》迫る中、犯行グループにどう挑む?

西村京太郎
狙《ねら》われた寝台特急「さくら」 新装版

人気列車での殺害予告、消えた二億円、眠りの罠――十津川警部たちを襲う謎、また謎、息づまる緊張の連続!

祥伝社文庫の好評既刊

西村京太郎
十津川警部捜査行 愛と殺意の伊豆踊り子ライン
亀井刑事に殺人容疑!? 十津川警部の右腕、絶体絶命! 人気観光地を題材にしたミステリー作品集。

西村京太郎
火の国から愛と憎しみをこめて
JR最南端の西大山駅で三田村刑事が狙撃された! 発端は女優殺人事件。十津川警部、最強最大の敵に激突!

西村京太郎
十津川警部 わが愛する犬吠《いぬぼう》の海
ダイイングメッセージは自分の名前!? 16年前の卒業旅行で男女4人に何が? 十津川は哀切の真相を追って銚子へ!

西村京太郎
北軽井沢に消えた女
嬬恋《つまごい》とキャベツと死体
キャベツ畑に女の首!? 被害者宅には別の死体が! 名門リゾート地を騙る謎の開発計画との関係は?

西村京太郎
十津川警部シリーズ
古都千年の殺人
京都市長に届いた景観改善要求の脅迫状——京人形に仕込まれた牙!? 十津川警部、無差別爆破予告犯を追え!

西村京太郎
十津川警部 予土《ローカル》線に殺意が走る
新幹線そっくりの列車、〝ホビートレイン〟が死を招く! 宇和島の闘牛と海外の闘牛士を戦わせる男の闇とは?